Solteiro em Produção

RUTH OLIVEIRA

SOLTEIRO EM PRODUÇÃO

Alt

Copyright da tradução © 2025 by Editora Globo S.A.
Copyright do texto © 2025 por Ruth Oliveira

Os direitos morais do autor foram assegurados. Todos os direitos reservados. Nenhuma parte desta edição pode ser utilizada ou reproduzida — em qualquer meio ou forma, seja mecânico ou eletrônico, fotocópia, gravação etc. — nem apropriada ou estocada em sistema de banco de dados sem a expressa autorização da editora.

Editora responsável **Paula Drummond**
Editora de produção **Agatha Machado**
Assistentes editoriais **Giselle Brito e Mariana Gonçalves**
Preparação de texto **João Pedroso**
Revisão **Paula Prata**
Projeto gráfico original **Laboratório Secreto**
Diagramação **Caíque Gomes**
Ilustração de capa e lettering **Monge Han**
Design de capa **Carolinne de Oliveira**

Texto fixado conforme as regras do Acordo Ortográfico da Língua Portuguesa (Decreto Legislativo nº 54, de 1995)

**CIP-BRASIL. CATALOGAÇÃO NA PUBLICAÇÃO
SINDICATO NACIONAL DOS EDITORES DE LIVROS, RJ**

O51s

Oliveira, Ruth
Solteiro em produção / Ruth Oliveira. - 1. ed. - Rio de Janeiro : Globo Alt, 2025.

ISBN 978-65-5226-069-7

1. Ficção brasileira. I. Título.

	CDD: B869.3
25-97959.0	CDU: 82-3(81)

Gabriela Faray Ferreira Lopes - Bibliotecária - CRB-7/6643

1ª edição, 2025

Direitos de edição em língua portuguesa para o Brasil adquiridos por Editora Globo S.A.
R. Marquês de Pombal, 25
20.230-240 – Rio de Janeiro – RJ – Brasil
www.globolivros.com.br

Para aqueles que têm a coragem de recomeçar

ETAPA 1
O amargor de veteranos indesejados

Depois do segundo gole de uma bebida de procedência duvidosa, um soluço arrasta uma pergunta seguida de uma constatação para fora dos confins da minha mente: por que tudo tem que dar errado na minha vida? É por isso que sou a pessoa mais infeliz daqui.

Talvez essa persona autodepreciativa e terrivelmente amargurada seja a pior forma de me mostrar ao mundo. Mas, como diria Rousseau, o homem é produto do meio.

Eu sei que nenhum filósofo queimava os neurônios tentando formular hipóteses e teorias para justificar o amargor de jovens adultos três séculos depois, tampouco se preocupava em decifrar as mudanças comportamentais de Miguel Carvalho, o sergipano da geração Z.

Ainda assim, é possível fazer um paralelo com a afirmação. E se o homem é produto do meio, é o meio que culpo por ter me tornado tão desagradável.

É difícil manter a positividade depois de vivenciar as amarras de ser uma pessoa bissexual em uma família preconceituosa

SOLTEIRO EM PRODUÇÃO   7

até o último fio de cabelo. Mas a minha esperança só foi se apagar de vez, de verdade mesmo, depois que me tornei um pária no lugar que representava um tão sonhado recomeço.

O meu contexto atual, então, é deprimente: nas férias, passo uma sequência interminável de dias com pais que nunca me aceitarão como sou. Durante o período letivo, sou obrigado a estudar e a morar no campus, cujos corredores fervilham de fofocas a meu respeito.

Passei as últimas noites em claro tentando elencar o que é pior agora que o primeiro semestre do ano se iniciou na Universidade Estadual de Trindade. A transição entre a tortura de estar na casa dos meus pais e a tortura de voltar ao campus para meu segundo ano de faculdade me acertou com o poder destrutivo de uma bigorna caindo em uma formiga, e, nas comparações entre as duas maiores desgraças da minha vida, me vi preso às lembranças que me tornaram o que sou hoje.

Eu me lembrei, exaustivamente, do começo de tudo. De quando me entendi como alguém bissexual. Me lembrei também de como lidei bem com isso. De como nunca foi uma grande questão para mim.

Meus pais, por outro lado, são ultraconservadores e sempre sonharam com um futuro em que eu daria a eles uma nora e vários netos. Qualquer futuro além desse estava fora de cogitação. Fazer com que eles aceitassem que me interesso por homens tanto quanto me interesso por mulheres seria muito mais complicado e desgastante — para mim.

Como consequência, nunca tive coragem de me abrir com ninguém da minha família sobre nada disso. A certeza da rejeição sempre falou mais alto que o desejo de ser livre naquele contexto.

E eu cresci na Barra dos Coqueiros, uma cidade pequena de Sergipe, daquelas em que todos os vizinhos ficam sabendo de tudo da sua vida caso você não tome cuidado. Dona Mirtes, a velhota da casa a duas quadras de onde meus pais moram, era a abelha-rainha que comandava todas as fofocas. Sempre fiquei surpreso de testemunhar quanta disposição uma senhora de 72 anos podia ter quando se tratava de se sentar na calçada para assistir à vida alheia e depois fazer fofoca sobre os outros.

Ela também fazia queijadinhas deliciosas. Que os deuses a tenham.

Mas, apesar dos dotes culinários abençoados, dona Mirtes era uma das variáveis da trágica equação que me impedia de ser eu: pais conservadores, cidade pequena, vizinhos fofoqueiros. O resultado era óbvio: Miguel apavorado, reprimido e ansioso.

Eu sabia que se me descuidasse e me envolvesse com algum garoto, o circo estaria armado. Fariam disso, algo tão simples, um verdadeiro espetáculo.

Apesar do cenário, o desejo pela descoberta dos toques do primeiro rapaz por quem me apaixonei superou o receio. O que fiz, então, foi interpretar um papel. Eu fingia gostar somente de garotas e não tinha medo de ser pego quando me apaixonava por alguma delas. Mas, quando me interessava por outro garoto, tudo acontecia em segredo.

Namorei três pessoas ao longo da minha vida na Barra dos Coqueiros. Delas, um garoto — que eu chamava de amigo, mas era muito mais do que isso. Quando ficávamos sozinhos, a gente se pegava pra valer, para depois encararmos nossos pais como se tivéssemos passado a tarde inteira jogando videogame.

Era divertido, no começo. A adrenalina do proibido, o segredo, os momentos de tensão quando quase éramos pegos no flagra.

Mas o namoro secreto chegou ao fim. Não era bem um namoro, na verdade. Nunca tivemos um encontro ou fizemos qualquer coisa além de nos beijar em segredo. Mas eu gostava dele.

Caio Maurício, eu gostava de você. Mesmo que você tivesse cheiro de hambúrguer velho.

E Caio Maurício me largou depois de três meses. Eu sofri, todo mundo percebeu, mas sequer podia ser sincero sobre o que estava acontecendo. Então eu fingia que estava tudo bem, que tinha sido só uma semana ruim, enquanto chorava à noite no quarto, sozinho, ouvindo a playlist "Pra sofrer, parte 2".

A ficha foi caindo aos poucos. O proibido deixou de ser divertido, porque eu não fazia nada de errado para precisar me esconder daquela forma.

Eu gostava, e ainda gosto, de garotos do mesmo jeito que gosto de garotas. Por que isso é tão errado?

Por que eu precisava esconder meu coração partido por um baixinho com um cheiro peculiar?

A necessidade de me libertar daquelas amarras, daquele teatro que me forcei a montar em torno de mim, cresceu a ponto de não caber mais no peito.

Enfrentei meses de crises de choro e raiva. Meus pais não sabiam o que estava acontecendo, então presumiram que eu só estava me tornando um adolescente rebelde, alheios ao fato de que eu estava, na verdade, me tornando alguém consciente do mundo que me cercava.

Ainda assim, eu tinha medo da rejeição que sempre pareceu iminente aos meus olhos, e o desejo de me abrir com minha família se consolidou como um sonho impossível. A única pessoa com quem eu desabafava sobre tudo que me afligia era um amigo virtual. Eu o chamava de Lucas, mas nem mesmo sei se esse era seu nome de verdade. Perdemos contato quando vim para a Universidade Estadual de Trindade. A distância da minha família e de tudo aquilo que me limitava me encheu de empolgação, inundou minha existência inteira com um sabor de liberdade.

Em poucas semanas, tamanha euforia, abandonei o mundo virtual no qual me escondia e me joguei de cabeça no mundo real. Lucas se tornou uma lembrança distante, quase desagradável, dos meus últimos anos na Barra dos Coqueiros. Ainda sinto saudade dele, apesar disso. Acho que senti saudade dele mesmo quando estava vivendo os meses felizes da minha jornada como universitário. Neste exato momento, estou sentindo mais do que o normal.

Tomo um terceiro gole da vodca com soda em uma tentativa de calar os pensamentos que atravessam minha mente, mas o álcool mais funciona como um catalisador, provocando o efeito oposto. Ainda assim, seco o restante da bebida em um quarto e último gole, ciente do perigo que acompanha a minha decisão.

Alguém esbarra em mim antes que o sabor rançoso perca intensidade dentro da minha boca. Olho por cima do ombro em um reflexo desinteressado, ao que ouço o pedido de desculpas quase imediato:

— Opa, foi mal.

— Tranquilo — respondo, embora "tranquilidade" não seja algo que me acompanhe com frequência, menos ainda agora que estou em uma calourada na qual definitivamente não queria estar.

O cara sorri para mim no que parece uma conclusão amistosa para a esbarrada acidental. Pouco a pouco, no entanto, à medida que os olhos dele se adaptam ao ambiente escuro, a feição muda, o sorriso desaparece e deixa, no lugar, uma curva retorcida de desgosto.

Meu desgaste se amplifica diante do olhar de desprezo do qual sou alvo.

Ele é um veterano do meu curso. Mal o conheço, mas entendo que ele tem certeza de que sabe quem eu sou e o que fiz.

— Ah, era você — conclui.

A leveza que acompanhou o pedido de desculpas já se foi, restando apenas desprezo num tom que deixa claro: se ele soubesse que era eu, teria esbarrado de propósito. Com mais força.

O desconhecido vira as costas e se afasta, abrindo caminho pelo espaço abarrotado de universitários à beira da embriaguez.

SOLTEIRO EM PRODUÇÃO 11

Faço o oposto e me afasto ainda mais da multidão. Paro quando encontro um espaço menos movimentado próximo à parede e me recosto com um suspiro de cansaço que não alivia a minha exaustão mental.

O copo agora vazio permanece na minha mão direita e, em um impulso, ocupo a esquerda ao puxar o celular do bolso da calça jeans desbotada.

Faço o que tantas vezes já fiz: desbloqueio a tela, abro a antiga rede social que já não uso com frequência e seleciono uma das conversas esquecidas no tempo. A conversa com Lucas.

Não digito nada novo, apenas olho para os registros das últimas mensagens trocadas enquanto imagino como seria se eu não tivesse dado respostas cada vez mais curtas, mais desinteressadas, com frequências cada vez menores. Será que ainda teríamos contato? Se sim, será que eu me sentiria menos sozinho agora?

Não sei por quanto tempo continuo rolando pelas mensagens antigas, pensando em tudo que gostaria de dizer para ele, até que fico cansado de me lamentar e bloqueio a tela.

Antes que o celular volte para o bolso, no entanto, a tela se acende com uma nova notificação.

Meus olhos se arregalam e, em uma fração de segundo, tento me lembrar se bebi tanto a ponto de estar delirando.

Não. Só bebi um copo.

Clico na notificação, que me leva de volta à mesma rede social. À mesma conversa.

> **Lucas:** oi, mika...

Dois anos antes

Lucas: tá melhor hoje, mika?

Mika: comecei a assistir a série que você recomendou ontem e me distraiu um pouco

valeu, lucas. não sei o que seria de mim sem você kkkkk

Lucas me avise quando terminar a primeira temporada!! quero saber as suas teorias

vai fazer o que hoje?

Mika: não sei ainda. acho que só vou ficar trancado no quarto me lamentando pelo término com caio maurício mesmo

fim de relacionamento é um saco

Lucas: nunca namorei então nunca vivi um término, mas isso vai passar

e me desculpa...

mas acho que não dá pra sofrer muito tempo por alguém chamado caio maurício...

Mika: kkkkkkkkkkkkkkkk

os pais dele não tiveram dó. coitado

juro que ele é melhor que o nome

Lucas: você gostava mesmo mesmo dele, né? :(

Mika: ainda gosto...

a pior parte é ter que fingir que eu tô bem na frente dos meus pais

Lucas: eu sinto muito mesmo, mika...

Mika: tudo bem. vai passar

quando eu entrar na faculdade vai ser diferente. já te falei que escolhi a universidade que quero?

fica aí no litoral norte da Bahia. é a Estadual de Trindade, uma cidade universitária

pesquisei muito sobre ela... é pra lá que quero ir

pena que fica longe da sua cidade

Lucas: ela tem um dos melhores cursos de biologia do país!

Trindade fica a muitas horas daqui de Itabuna, mas a gente vai dar um jeito de se ver algum dia

tudo lá parece tão... bom, né? tão leve...

Mika: parece. e tenho certeza de que é

você vai ver, lucas. quando eu me mudar pra lá, vou finalmente ter um encontro como o que eu queria ter com caio maurício

Lucas diz: e como seria?

Mika: ah... na praia

só... caminhar de mãos dadas sem ficar me preocupando se alguém vai ver e contar pros meus pais. comer alguma coisa com os pés sujos de areia e sal

nada de mais

Lucas diz: vai rolar. tenho certeza

Mika: e se eu não encontrar a pessoa certa pra fazer isso comigo

vou esperar um ano inteiro até você chegar em Trindade como calouro. você não vai poder escolher outra universidade!

só pra me levar num encontro perfeito

combinado?

Lucas combinado!

você sabe que, por você, eu faria isso e muito mais

ETAPA 2
O brilho que só calouros têm

Agora

Perco muitos minutos encarando a nova mensagem de Lucas, ainda sem acreditar que ela é real. E o mais deprimente é que, mesmo teorizando que seja um delírio da minha parte, eu me preocupo exaustivamente com o que responder.

A última versão de Miguel que Lucas conheceu não existe mais. Eu era alguém alegre, apesar de tudo. Ingênuo, até, porque acreditava que o fim do ensino médio traria a solução para todos os meus problemas. Então, eu o enchia de mensagens. Algumas, sim, de lamentação. Mas eu também compartilhava as pequenas alegrias do meu dia. Compartilhava meus planos. Compartilhava também infinitas fotos minhas.

Mesmo que apenas conversássemos por texto, ele já estava familiarizado com cada detalhe do meu rosto: com os olhos amendoados e verdes, o nariz comprido e reto, os cabelos castanhos e lisos, a pele clara com tom quente salpicada por sardas marrons. E certamente estava familiarizado com

SOLTEIRO EM PRODUÇÃO 17

o sorriso que eu exibia em cada e toda foto que selecionava para enviar para ele.

Ainda não tinha me tornado esse poço de negatividade. Pelo contrário: Lucas conhecia a leveza proporcionada pela esperança dos meus planos para a vida acadêmica. A liberdade que eles me trariam.

Mantive a escolha que dividi com Lucas há um ano: a Universidade Estadual de Trindade. Bem-conceituada, com alojamento para os alunos dentro da cidade universitária, população majoritariamente jovem. Eu acreditava, então, que seria um ambiente menos conservador.

Acreditava que, longe dos meus pais, poderia finalmente abandonar o papel que eu tinha interpretado por tantos anos, que poderia ter um encontro de verdade, andar de mãos dadas, namorar sem medo independentemente do gênero da pessoa por quem me apaixonasse.

E, de fato, tudo isso aconteceu. Namorei Jaime, fiz muitos amigos, até cheguei a acreditar que um deles era o melhor que tive em toda a minha vida. Mas se o término com Caio Maurício foi difícil, o término com Jaime foi *traumático*, além de resultar na péssima reputação que tenho no campus.

Agora, todo mundo nesta universidade me odeia por algo que nem fiz — mas que eles acreditam que, sim, foi culpa *minha*. O isolamento e o ressentimento pelas acusações falsas se juntaram à bagagem que eu já carregava desde minha terra natal, resultando em uma personalidade nova, desagradável, que Lucas nunca viu em mim. Uma personalidade da qual não me orgulho.

E se eu responder, nós começarmos uma nova conversa e ele me perguntar como está a minha vida em Trindade? Não quero mentir, mas quero menos ainda admitir para alguém além de mim que estou tão infeliz aqui quanto estava na Barra dos Coqueiros, que os planos não deram certo.

Por outro lado, perder a chance de retomar o contato com ele é uma ideia absurda. Quando penso em disparar um "oi!" genérico como resposta, sinto outro impacto contra o meu corpo. Desta vez, não é um esbarrão, tampouco é acidental. Tenho certeza disso quando levanto o olhar e vejo o sorriso grande de Levi, já alcoolizado o suficiente para não conseguir dosar a força do tapa que deu no meu ombro.

— Cachorrão! — A voz familiar, estridente, ultrapassa com facilidade a batida da música.

Levi é o amigo mais escandaloso, mais sem-noção e mais bonito do meu ex. Também é a única pessoa do meu convívio que ainda me trata bem.

— Cachorrão é seu pai. Me respeita.

— Bem-humorado como sempre! — brinca ele, antes de gargalhar com um tom agudo demais. — O último lugar em que eu esperava te encontrar era numa festa — diz, mesmo que tudo em mim deixe claro que *não* quero conversa.

— Pois é — rebato, sustentando o olhar por apenas um segundo antes de desviá-lo para todos se divertindo, dançando e bebendo. Enquanto eu continuo aqui. — Já lembrei por que não fui pra nenhuma no semestre passado.

— Ah, relaxa. Abstrai. Ano novo, vida nova. Foi drama passageiro. Ninguém se lembra mais do lance do ano passado.

— Um cara da sua turma acabou de esbarrar em mim e me olhou como se eu fosse o anticristo. Ele lembra. Você lembra também — aponto, voltando a olhar para ele.

— Minha turma tem muito otário. O melhor que você faz é fingir que esses caras não existem. Sempre faço isso. E Jaime é meu melhor amigo. É difícil pra mim esquecer.

— Me erra, Levi. Não fui eu que mandei aquela mensagem.

— Calma, cachorrão! — Ele ergue as mãos em um claro gesto de rendição, sem perder a paciência ou o bom humor. Os olhos castanhos, grandes, refletem o sorriso nos lábios finos. — Eu nunca disse que foi você. Nem deixei de te tratar bem, não foi? É só que a situação toda envolve meu melhor amigo, então... não dá pra esquecer. Só isso.

— Foda-se.

— Cachorrão...

— Eu realmente não queria estar aqui — disparo, não sei se para ele ou para mim mesmo.

— E por que veio? — A pergunta de Levi é genuína.

Percebo que ainda estou segurando o copo vazio e o arremesso para a lixeira mais próxima, mas erro a mira e ele cai no entorno, onde se acumulam vários outros amassados. Mais um fracasso para uma lista já cheia deles.

Solto um suspiro derrotado.

— Adivinhe quem foi sorteado como meu colega de quarto no dormitório este ano.

A feição de Levi é confusa, curiosa, e entendo que ele não faz ideia do tamanho do meu drama. Decido não prolongar o mistério.

— Meu arqui-inimigo. Túlio Menezes.

A expressão muda, assume característica de pena, mas também de diversão. Vejo que ele tenta disfarçar, mas, no fim, cai na risada.

— Foi mal — diz, ainda rindo. — É que ser sorteado com o ex-melhor amigo que você passou a odiar é muito azar... Ele ainda ronca daquele jeito?

— Ronca.

Mal consigo acreditar quando meus próprios lábios lutam para esboçar um sorriso azedo.

Ter sido sorteado como colega de quarto do responsável não só pelo meu término traumático com Jaime, como também pela reputação que carrego é de uma falta de sorte quase cômica.

Esse é o único motivo por trás da minha presença nessa calourada. Túlio decidiu passar a primeira sexta-feira do semestre letivo no quarto, e eu não tive opção a não ser sair de lá.

Nesse momento, sinceramente, não sei o que é pior. Ficar naquele quarto com Túlio ou ficar aqui nessa festa em homenagem à chegada dos novos calouros de Engenharia de Produção.

— Vocês conversaram? — Levi tenta saber mais.

Balanço a cabeça para os lados em uma negativa amarga, afasto meu corpo da parede e guardo o celular.

— Não, e nem pretendo — anuncio enquanto me afasto. — Vou lá fora respirar um pouco. Falou!

Sigo pelo espaço cheio de alunos, veteranos e calouros, sob música alta e iluminação baixa.

Já do lado externo, vejo a pequena escadaria de entrada ocupada por vários grupos pequenos. Algumas pessoas, aquelas acostumadas somente com o calor, estão agasalhadas, protegendo-se da brisa noturna que vem do mar do outro lado da avenida. Eu sou uma dessas pessoas que sentem os pelos se arrepiarem à noite na praia, mas esqueci o casaco, então me contento em encolher os ombros e afundar as mãos nos bolsos.

Mais abaixo, sobre a calçada de concreto decorado com desenhos coloridos, algumas pessoas se reúnem ao redor de uma garrafa vazia, deitada.

Verdade ou consequência. Devem ser calouros, todo mundo sabe que isso não dá certo.

Termino de descer os degraus enquanto busco, com o olhar, um lugar mais afastado, mais vazio e silencioso. Penso em atravessar para a praia, mas não quero tirar os tênis, menos ainda enchê-los de areia.

Antes de encontrar outro destino, percebo alguns colegas do meu ex-namorado olhando para mim. Um deles diz, propositalmente alto:

— E aí, Miguel! Já arranjou outra pessoa pra *chifrar*?

Respiro fundo.

Apesar da vontade de rebater o comentário, os olhares e as risadas, não dá tempo. O grupo inteiro sobe as escadarias, uns

SOLTEIRO EM PRODUÇÃO 21

empurrando aos outros em uma brincadeira imbecil, e seguem até a área coberta.

Tento manter minha expressão inalterada, mas é difícil controlar o que sinto. Assim que percebo que eles estão longe, então, eu me sento no canteiro, derrotado, enquanto luto para engolir a vontade de chorar.

Não sei por quanto tempo fico aqui parado, curvado, lutando contra a sensação de derrota, mas sei que é o suficiente para acentuar o dissabor de ter esperado tanto por algo que se transformou em mais um tormento.

Eu já engoli água do mar algumas vezes, todas acidentais. Se minha vida tivesse um gosto, seria aquele. Salobro, amargo.

— Ei! — Dessa vez é uma voz feminina, desconhecida, que soa ao meu lado ao mesmo tempo em que um braço é passado ao redor de meu pescoço.

Levanto o rosto em alerta, assustado com a abordagem repentina, e fico ainda mais confuso quando meus olhos pousam em alguém que nunca vi antes.

Os cabelos ondulados e volumosos emolduram um rosto com piercings que se espelham nas sobrancelhas e no lábio inferior.

Meu primeiro pensamento é que ela me confundiu com alguém, mas a garota continua com o braço envolvendo meu ombro mesmo depois de ver meu rosto. Ela sorri, exibindo dentes bem pequenos.

Qual é a dela?

— Vem ficar com a gente!

Não é um convite. É quase uma intimação.

Sério, qual é a dela?

— Quem é você? — pergunto, ainda perplexo.

Ela não responde de imediato. Em vez disso, se levanta, segura minha mão e me puxa para levantar também.

— Só vem. Você parece triste. É bom se distrair.

Agora percebo.

O brilho nos olhos, o sorriso, a vontade de ajudar... características que não se encontra em ninguém que esteja vivendo os horrores acadêmicos há mais de um ano.

É uma caloura.

E é por ser caloura que ela não sabe o que todo mundo acha que eu fiz. Fico pensando se ela será capaz de manter essa vontade de espantar a tristeza de mim quando os boatos chegarem aos ouvidos dela.

Decido aceitar a oferta, mais por indisposição de dizer não do que por uma vontade genuína de ir.

— Senta um pouquinho aqui com a gente — insiste ela, me puxando até o círculo de calouros jogando verdade ou consequência.

Ela se senta, a roda se abre um pouco mais e ela puxa minha mão mais uma vez, agora para fazer eu me sentar ao seu lado.

Tento sorrir e sigo sua instrução. Quando me junto ao círculo de desconhecidos, percebo todos os olhares voltados para mim.

— E aí? — É a primeira coisa que digo.

— Como é seu nome? — pergunta a garota que foi me resgatar da solidão.

— Miguel.

— Miguel — repete. — Eu sou Damiana. Quer ter a honra de girar a garrafa? O gargalo diz quem vai desafiar e a bundinha aponta quem vai ser desafiado. É só desafio. Não tem opção de "verdade" nesse jogo.

Respiro fundo e, com preguiça, giro a garrafa sobre o concreto. A maioria dos olhares continua me analisando, até que a sorte é lançada.

Ou azar.

A maldita bundinha aponta para mim.

— Miguel. — A menina para quem o bico apontou, franzina, de cabelos curtos e olhos bonitos, me chama. Até ri, nervosa, antes de dizer: — Eu te desafio a chamar Marconi pra jogar com a gente.

A pergunta escapa com mais estranheza do que curiosidade:

— Chamar quem?

— Marconi! — repete Damiana, exibindo o sorriso de dentinhos pequenos. Antes que eu deixe claro que não faço ideia de quem seja Marconi, ela explica: — É um cara gato da nossa turma.

— Entendi. — É a única resposta que consigo articular num primeiro momento. Em seguida, pergunto com intuito nenhum além de confirmar: — Vocês são calouros, né?

Damiana, que parece a mais comunicativa do grupo, faz que sim. Na sequência, informa:

— De Biologia.

Biologia. O curso que Lucas queria fazer. A lembrança me leva de volta à mensagem ainda não respondida, mas não pego o celular. Ainda não sei como responder.

— E você? — pergunta Damiana. — Calouro também?

Minha resposta é quase robotizada:

— Veterano. Terceiro período. Engenharia de Produção.

— Ah! — É a garota que me desafiou quem liga os pontos. — Então essa calourada foi organizada pela sua turma, não foi? Pros seus calouros. Você acha estranho a festa ter calouros de Biologia também?

— Não é estranho.

— É verdade — diz Damiana, sustentando uma repentina pompa de sabe-tudo. — As calouradas têm gente de todos os cursos sempre. Minha irmã se formou aqui e me disse. Podem ficar tranquilos.

Acho quase adorável o sorriso confiante que encerra a declaração dela, mas ninguém além da garota franzina parece se surpreender com a *revelação*. Ainda nem sei o nome dela, mas já sei que é facilmente impressionável.

— Certo. — Ela espanta a surpresa, aponta para a garrafa e olha no fundo dos meus olhos: — O desafio. Chame Marconi pra jogar com a gente.

— Onde ele tá? — pergunto, conformado, ciente de que ela não vai esquecer esse assunto.

Damiana volta a me abraçar pelo ombro e vira nossos corpos um pouco mais para o lado, ao que aponta, com discrição, para um trio sentado mais à frente, no meio-fio da calçada, com os pés na pista de paralelepípedos.

— É aquele ali — sussurra, mas não entendo o motivo. É impossível o trio nos escutar ou nos ver. Estão todos de costas para nós. — O de cachinhos, com o casacão amarelo.

— Mas parece que ele e aquela menina estão sempre juntos — diz outra caloura da roda. Não procuro descobrir quem. — Não se desgrudaram a semana inteira. E se forem namorados?

— Que nada! — nega Damiana, assumindo mais uma vez a pompa de detentora da verdade. Ela parece se orgulhar do seu suposto arsenal de informações meio inúteis. — Eu conheci uma menina que conheceu Marconi antes daqui. São da mesma cidade. Ela me disse que ele é super galinha. Não namora.

Todas as outras quatro calouras do círculo parecem comemorar a descoberta como se fosse mesmo algo a ser celebrado.

Elas não estão caindo na armadilha. Estão criando a armadilha para depois caírem nela.

Mas não é problema meu.

— Só chamar pra vir jogar, né? — questiono, sem fazer grande caso. Fico de pé quando todas as meninas balançam a cabeça em um *sim* entusiasmado. Bato na minha bunda para tirar a sujeira. — Beleza.

Todas elas soltam grunhidos animados enquanto avanço pela calçada com a disposição de um morto-vivo, me arrastando em direção ao trio sentado no meio-fio.

— Ei? — Não faço cerimônia quando paro na frente do tal Marconi, na pista de paralelepípedos.

A conversa entre os três parece morrer e todos olham para mim, não só o cara do casacão amarelo. Ainda assim, é só a ele que dedico toda a minha atenção enquanto vejo os olhos castanhos me analisarem de volta.

A curiosidade crescente em sua feição não me passa despercebida.

Ele é bonito mesmo. Tem cachos escuros, olhar intenso e ao mesmo tempo gentil e um rosto cheio de ângulos nas medidas exatas, nos lugares certos.

A pele negra clara é impecável, como se nenhuma espinha tivesse existido ali. *Nunca.*

Não sei se, em outras circunstâncias, eu sentiria inveja ou atração. Em vez de tentar descobrir, eu me esforço para ignorar o físico admirável e volto a atenção ao meu desafio.

— As calouras ali estão te chamando para jogar com elas — digo sem enrolação.

Ele desvia o olhar de mim para os amigos, e meu coração erra uma batida quando vejo a comunicação silenciosa que se desenrola entre eles. Em poucos segundos, as feições se alternam entre confusão, incredulidade e, por fim, surpresa, ao que a garota e o garoto ao lado dele seguram o riso.

Será que já sabem dos boatos?

Acoberto o constrangimento ao bufar com pesar e dizer, precipitado:

— Entendi. Vou avisar que você não vai.

— Ei! — chama o do casacão, mas é claro que não paro para ouvir. Simplesmente subo a calçada e volto a me afastar, mas mal dou três passos antes de perceber que ficou de pé e correu até parar na minha frente. — Eu não disse que não ia.

— Então vá. Eu não vou mais jogar mesmo.

Voltar para o quarto e ficar a noite inteira com a presença desconfortável e com o ronco engasgado de Túlio está começando a parecer a melhor opção. Talvez eu deva ir embora dessa calourada.

Talvez eu deva ir embora do planeta, aliás.

Contorno o corpo de Marconi para seguir meu caminho, abraçando a decisão de sair daqui.

— Espera! — insiste ele antes que eu me afaste. — Seu nome é Miguel, não é?

O cara nem disfarça.

— Sim. — Percebo a vergonha em meu tom, mas não me preocupo em amenizá-lo antes de despejar sobre ele: — Meu nome é Miguel, eu sou o ex de Jaime e não, não fui eu que mandei aquela mensagem.

— Que Jaime? — questiona ele. Parece genuíno. — E que mensagem? — Permaneço calado, surpreso com a resposta e sem saber como reagir. Marconi, então, pisca como quem tenta retomar o foco e pergunta mais uma vez: — É você mesmo, Miguel?

Desta vez, não respondo, mas não parece ser necessário. Marconi-do-casacão-amarelo abre um sorriso enorme com caninos sobressalentes, mas que não são esquisitos ou vampirescos. São um pouco afiados, sim, mas se destacam principalmente por estarem mais à frente da linha do sorriso. Pouca coisa, mas o suficiente para chamar a atenção. É mais um dos vários atributos invejáveis que ele tem.

Apesar do sorriso bonito, minha atenção recai quase inteira no incômodo que estou sentindo com os sorrisos trocados entre os amigos dele. Depois, minha expressão vai tomando contornos de impaciência, porque esse cara só pode estar se divertindo às minhas custas.

— Isso não tem graça — disparo, confiante na minha teoria, antes de abrir passadas de volta à roda de calouros de Biologia que me acolheu por poucos e estranhos minutos. Tento amenizar o tom ao anunciar: — Vou voltar pro meu dormitório. Aproveitem a calourada.

— Já? Aconteceu alguma coisa? — pergunta Damiana. Me surpreendo com a preocupação sincera em seu tom. — Não vai aproveitar a festa organizada pros seus calouros?

Penso em dizer que não poderia me importar menos com os meus calouros, mas mantenho a declaração presa na garganta.

Em vez de responder, viro o corpo até conseguir apontar para Marconi-do-casacão-amarelo. Ele está parado no mesmo lugar, olhando para mim com uma expressão ainda surpresa e, agora, de encanto.

Não sei qual é a dele, mas digo alto o suficiente para que escute também:

— Fiquem longe desse tal de Marconi.

As calouras se entreolham, confusas. O tal Marconi *gargalha*.

Ergo as mãos em um sinal de desistência e, sem me preocupar em dizer mais nada, viro as costas para seguir meu caminho para longe desse show de horrores universitário.

Sinto o celular vibrar no meu bolso com uma nova notificação, mas nem me preocupo em ver o que é, só quero me afastar de toda aquela barulheira. Trindade é uma cidade segura, mas desisto de seguir andando até o dormitório quando percebo que não estou com um tênis confortável o suficiente, e muito menos com disposição para isso.

Quando encontro um lugar mais calmo, pego o celular para chamar um carro de aplicativo, mas meus olhos recaem primeiro na notificação da tela.

É outra mensagem dele.

De Lucas.

Algo estala em minha mente, uma percepção que só pode ser um delírio.

Um calouro de Biologia que nunca vi, mas que pareceu me reconhecer de imediato. Em uma universidade que estava nas opções de Lucas. No ano seguinte ao que ele concluiria o ensino médio.

Abro a mensagem com pressa, quase desespero.

Lucas: você era muito mais gentil comigo quando a gente conversava por aqui, mika):

ETAPA 3
O universo de possibilidades não consideradas

Pois é. Hahaha.

Esse é o conteúdo da última mensagem que enviei para Lucas, muitos meses atrás. Eu passei o fim de semana inteiro encarando as duas mensagens que ele me mandou na sexta à noite, e aquele maldito "pois é" continuou pairando logo acima delas, sempre visível aos meus olhos.

Não tem conversa que sobreviva a um "pois é", ainda mais quando é a única resposta a uma sequência de três longas mensagens.

Sei que Lucas já tinha percebido meu desinteresse na nossa amizade virtual. *Não.* Não era desinteresse. Eu ainda o adorava, mas mantê-lo como meu maior confidente alimentava a sensação de continuar preso a um passado recente e indesejado. Eu queria fazer tudo diferente de como tinha sido até então.

Queria ser um novo Miguel. Não queria mais ser *Mika* — apelido que Lucas deu para aquele garoto que vivia apavorado com a possibilidade de ser rejeitado pela família. Queria ser, enfim, o oposto de tudo aquilo. Não queria mais esconder minha bissexualidade nem me esconder em conversas virtuais.

Mas a amizade dele ainda era, sim, importante para mim. Eu só não conseguia encaixá-la naquele momento de transição, de liberdade, e aceitá-la como algo que extrapolava as dificuldades que eu tinha vivido na Barra dos Coqueiros.

No entanto, nada disso foi colocado em palavras para ele na época, mas não por falta de vontade. Eu ainda não entendia meus próprios sentimentos. Então, para ele — e para mim, por algum tempo — era desinteresse.

A minha resposta, aquele maldito "pois é", foi o que determinou o fim das tentativas de Lucas.

Até agora.

Aquele encerramento injusto da amizade que tínhamos continua registrado na conversa, que agora tem duas novas mensagens.

"Oi, mika".

"Você era muito mais gentil comigo quando a gente conversava por aqui, mika".

Ainda não entendo por que ele enviou a primeira mensagem tão de repente, depois de tanto tempo, mas é o contexto da segunda que mais chama a minha atenção.

Marconi, o calouro do casacão amarelo, é *Lucas*.

Eu sou aspirante a engenheiro, gosto de exatas, mas não consigo calcular as chances de algo tão improvável acontecer. Na verdade, ainda não consigo acreditar que aconteceu mesmo. Não acredito que o cara de ontem, o mesmo cara que a caloura de Biologia apontou no meu desafio, é o Lucas das mensagens.

Eu adorava tirar fotos e mandar para meu melhor amigo virtual. Por isso, não me surpreende que ele tenha me reconhecido mesmo tanto tempo depois. Meu rosto amadureceu, mas é essencialmente o mesmo.

Lucas, por outro lado, só mandava fotos do seu grande e gordo gato laranja ou dos pés de fruta no quintal da casa da família dele lá em Itabuna. Na minha cabeça, era assim que eu o visualizava: como um *gato*. Ou como uma fruta.

Nunca fui muito criativo, então imaginar um rosto para Lucas era algo que fugia da minha capacidade, mas eu não esperava que responder a mensagem dele também se tornaria algo quase impossível.

Durante todo o fim de semana, enquanto me esforçava para evitar a presença de Túlio e suas tentativas de conversar comigo, quis mandar algo para Lucas. Algo que expressasse a minha surpresa, quase incredulidade, por ele estar estudando no mesmo lugar que eu. Por termos nos encontrado depois de anos de amizade estritamente virtual.

Queria dizer que eu gostaria de vê-lo, de conversar com ele cara a cara. Que estava feliz por estarmos tão perto um do outro.

Mas não consegui transformar nenhum desses desejos em palavras.

Dar um rosto e uma voz ao meu melhor amigo virtual, aquele que sempre teve forma de gato e de fruta, foi mais estranho do que animador. Eu me senti acuado, incapaz de falar livremente como sempre fiz com ele.

Talvez os meses sem contato também tenham contribuído para isso.

Ao fim, mesmo com tantas possibilidades do que dizer, não consegui falar nada. Minha única resposta foi um emoji surpreso encerrando o domingo desse fim de semana estranho.

A segunda-feira chega ensolarada. Sem nenhuma nuvem no céu. Minha mente, por outro lado, parece completamente anuviada de cansaço, consequência de uma noite mal dormida.

O que mais me incomoda desde que saí do quarto para enfrentar a segunda semana de aulas, no entanto, é a *causa* do sono interrompido: o ronco tenebroso de Túlio.

Eu sabia, quando o chamava de melhor amigo pelo campus, que ele roncava alto como um motor, mas isso nunca foi um problema. Não até ser sorteado com ele como colega de quarto.

O ressentimento pela trairagem do ano passado está sendo alimentado pelo ressentimento das péssimas noites que venho vivendo ao lado dele e daquele barulho escabroso que ele faz enquanto dorme. Eu sinto vontade de gritar toda vez que cruzo a atenção com aqueles olhos acinzentados de coitado que Túlio tem.

Estou morto de sono, não consigo me concentrar nas aulas, minha solicitação de mudança de quarto ainda não foi deferida. E, mais do que nunca, estou explodindo de ódio.

Quando a última aula improdutiva do dia finalmente acaba e o professor diz que colocará os slides no sistema até a noite, jogo o material de volta na mochila, tomando cuidado apenas com a minha atual melhor amiga: a calculadora científica.

Escondo um bocejo assim que saio do bloco três da universidade e reencontro o ar livre de uma tarde em Trindade. O sol ainda brilha com força sobre o campus movimentado e a única coisa que alivia o calor é a sombra constante das árvores espalhadas entre os prédios.

Sigo com passos preguiçosos até ser interrompido por um acontecimento incomum.

— Miguel? — Ouço alguém me chamar. É uma voz que não reconheço de imediato.

Não é muita gente que costuma falar comigo, nem mesmo para me provocar. Os que mais fazem isso são os amigos mais próximos ou os mais babacas de Jaime. De resto, todo mundo me ignora como se eu não existisse.

— Mika?

De novo.

Interrompo os passos sob os galhos frondosos de uma aroeira-vermelha e olho por cima do ombro, na direção de onde vem o chamado repentino.

SOLTEIRO EM PRODUÇÃO 33

Marconi, ou Lucas, está aqui.

Viro o corpo e então sou mais uma vez colocado frente a frente com os olhos gentis, mas intensos, com o sorriso quase inocente de caninos sobressalentes e com os cachos escuros que se agitam com o sopro suave e morno do vento.

Os estudantes que vão e vêm desviam de nós, criando um pequeno círculo de calmaria em meio ao fluxo intenso de alunos indo de uma aula para outra ou voltando para seus dormitórios.

Ainda é difícil associar a imagem desse cara à lembrança que tenho de Lucas. Ele é como um desconhecido, não como alguém para quem abri meu coração tantas vezes.

O cansaço dificulta a minha tentativa de organizar os pensamentos.

— Oi — digo, então, com pouco entusiasmo. Não é o suficiente para que o sorriso dele desapareça.

— Oi!

Entreabro a boca, mas volto a fechá-la quando percebo que não sei o que dizer.

Sempre imaginei que um dia encontraria Lucas e, nos meus planos, seria diferente. Eu seria mais expressivo, mais espontâneo e mais alegre, porque as circunstâncias que eu fantasiava também eram outras. As atuais não me permitem ser nada disso.

— Seu nome é Lucas ou Marconi? — disparo a única pergunta que consigo articular.

Ele parece se divertir. De alguma maneira, esse jeito manso, de alegria quase inocente, se encaixa bem na personalidade do Lucas que conheci.

— Lucas Marconi. Marconi é sobrenome.

Percebo algo novo sobre Lucas. Os olhos dele ficam na altura dos meus e, apesar do desconforto que sinto, não consigo desviar a atenção. Fico preso às íris castanhas.

34 RUTH OLIVEIRA

— Lucas Marconi — repito, então, descobrindo como o nome soa em minha voz. Um pouco amargo, rouco. Quando ele diz, é mais doce e suave. Decido me apresentar como se estivéssemos nos conhecendo agora: — Miguel Carvalho.

Lucas dá uma risada.

— Eu sei.

Me lembro de como eu costumava falar sem parar nas nossas mensagens. Eu dava todos os detalhes possíveis, talvez até alguns impossíveis, sobre mim. Me lembro agora de que o meu sobrenome foi uma das primeiras informações não solicitadas que ofereci a ele.

Mudo bruscamente de assunto:

— Você veio pra Trindade?

— É um dos melhores cursos de Biologia do país e eu tive nota suficiente pra passar.

— E não me falou nada. — Percebo que minha fala carrega tom de acusação, apesar de não ser esse o meu objetivo. Antes de poder corrigi-lo, Lucas confessa:

— Não sabia se deveria.

Ele não se estende ao motivo por trás da indecisão. Não precisa. A explicação vem no silêncio, paira no ar, materializada no semblante constrangido que se esconde por trás do sorriso persistente de Lucas Marconi.

— Entendi. — Tento soar sincero, porque é verdade. É claro que ele não iria saber se devia me mandar mensagem depois de passarmos meses sem trocar uma palavra.

— Não quis parecer um stalker — diz ele, ainda envergonhado.

Os lábios se tocam e o sorriso deixa de exibir os dentes, mas ainda é presença constante em seu rosto, e ele franze a testa por um instante.

O movimento despropositado atrai minha atenção e meu olhar sobe para uma pintinha que aparece entre os cachos acima da sobrancelha escura dele.

— Por que você nunca me mandou fotos suas? — pergunto, curioso de verdade.

Se eu tivesse uma aparência como a dele, não me cansaria de exibir meu rosto por aí.

— Você nunca pediu.

— Você nunca pedia fotos minhas e eu mandava mesmo assim.

Lucas encolhe os ombros, dando a conversa por encerrada. Nos olhamos então em silêncio, envolvidos pelo desconforto de compartilhar o momento com uma pessoa desconhecida, junto à estranheza de saber que nos conhecemos há muito tempo.

Quando ele franze a testa mais uma vez e as sobrancelhas fazem uma dança suave, quase invisível, sobre os olhos escuros, tenho a impressão de que Lucas quer falar algo. Fico frustrado quando ele perde a oportunidade de verbalizar seus pensamentos, interrompido por uma nova presença sob a aroeira-vermelha que nos protege do sol intenso. Ela para ao lado de Lucas e toca no braço dele, exibindo o sorriso de dentes pequenos que eu conheci na calourada de sexta. Os cabelos estão presos em uma trança pouco empenhada, que cai sobre o lado direito do ombro. Os óculos de grau, que ela não estava usando na sexta-feira, são grandes, de armação escura, e escondem os piercings simétricos que ela tem nas sobrancelhas. Apenas as argolas do lábio inferior estão visíveis.

— Marconi! — diz a garota.

Lucas parece voltar a si, e a intenção de me dizer algo some quando se vira para ela. Ele abre o sorriso novamente, exibindo os caninos charmosos.

— Oi, Damiana.

— Demorei muito?

— Não. Tranquilo. Estava aqui conversando com Miguel.

Os olhos grandes e pretos de Damiana vêm a mim, curiosos, e o sorriso cresce quando me reconhece.

— Oi!

Devolvo o cumprimento com um sorriso atravessado de sono e cansaço, ao que Damiana dispara:

— Você e Lucas já se conheciam?

Troco um olhar com Lucas.

— Mais ou menos — digo, e é a única resposta que consigo formular.

— Que mundo pequeno, né? Somos da mesma turma, mas só nos aproximamos por sua causa.

— Por minha causa?

— É. Seu desafio. Ele e os amigos dele passaram a festa inteira jogando com a gente depois que você foi embora.

— Ah, sim.

Lucas continua calado, mas não parece incomodado. O olhar gentil continua pairando sobre mim e evito com todas as minhas forças olhar de volta para ele.

De repente, Damiana relaxa os ombros e assume uma expressão mais séria.

— Não sei como estou de bom humor. Acredita que a gente já teve prova? — Seu tom agora é carregado de ultraje e a pele clara e pálida da testa se franze com incômodo. — Na *segunda* semana de aula?

— Acredito. Aconteceu comigo no semestre passado.

— Que pesadelo — lamenta.

Lucas olha para mim por mais um instante, depois para Damiana.

— Tenho certeza de que você se saiu bem — diz ele, em tom motivador.

Ela franze o nariz, demonstrando sua falta de convicção, e por fim se desfaz em um suspiro derrotado.

— Fazer o quê, né? — diz, conformada. — Vamos? Tô morrendo de fome. — Ela olha para os meus lados, depois para mim, e inclina a cabeça de lado. — Está sozinho de novo, Miguel? — Ela continua antes que eu possa responder: — Quer vir com a gente?

Sozinho de novo. *De novo.*

É óbvio que a pergunta de Damiana não foi maldosa. Talvez isso seja ainda pior, porque me faz entender que a minha solidão pelo campus é percebida até por quem não ouviu os boatos a meu respeito.

Tento disfarçar meu silêncio demorado com um sorriso pouco entusiasmado e pouco sincero.

— Obrigado pelo convite, mas preciso ir.

Ela não faz mais perguntas. Apenas arruma a alça da bolsa no ombro, ajeita o livro velho da biblioteca no braço e aponta para um ponto atrás de si.

— Minha irmã me disse qual é a melhor lanchonete daqui. Quero ver se é boa mesmo. O resto da turma vai encontrar a gente lá depois — diz ela para Lucas.

Ele balança a cabeça em uma concordância tranquila, deslizando as mãos para os bolsos da calça folgada que veste.

— Tchau, Mika — despede-se, olhando para mim.

Percebo certa relutância nos detalhes de sua expressão.

Será que ele não queria se despedir de mim agora?

— Mika — repete Damiana. — Gostei. Até mais, Miguel.

Aceno em resposta aos dois.

Damiana é a primeira a se virar, seguida por Lucas, que oferece um último sorriso para mim.

Os dois calouros de Biologia caminham lado a lado. Damiana com seu longo vestido preto e Lucas com as roupas folgadas que, ainda assim, parecem ter sido feitas especialmente para ele.

Continuo observando-os por alguns instantes, paralisado pela quebra de expectativa.

Passei todas as semanas de férias me atormentando com as possibilidades do que aconteceria neste semestre. Pensei que tinha listado todas. Encontrar Lucas me mostrou que eu estava errado.

O que mais pode acontecer até o fim do período?

ETAPA 4
O campus maior que o casaco

Eu me escondi a tarde inteira em uma das últimas cabines individuais do primeiro andar da biblioteca. Passei horas tentando estudar o assunto da primeira semana para não acumular os conteúdos. Sempre me disponho a seguir esse comportamento no início de cada semestre, mesmo ciente de que essa determinação *vai* perder força com o passar do tempo e inevitavelmente voltarei a ser o que sou: um procrastinador.

Desta vez, além da minha natureza, o sono se meteu no meu caminho, impedindo que eu começasse o semestre em dia. Por mais que tentasse manter a mente concentrada nos livros e cadernos, o cansaço foi se tornando mais insuportável a cada segundo.

Entre uma piscada sonolenta e outra, tive lapsos de pensamentos sobre Lucas Marconi. Não sei exatamente *o que* pensei sobre ele, mas sua imagem me veio à cabeça. Também pensei em Túlio, no seu ronco cavernoso e no meu azar de dividir o quarto com ele. Me perguntei se minhas noites de sono serão infernais até o fim deste semestre.

Se eu pudesse voltar no tempo, teria mudado tudo na minha ficha de inscrição para o alojamento. Talvez isso me fizesse ser alocado em outro dormitório, com outro colega. Um que não roncasse — ou que, ao menos, eu não odiasse.

Se eu pudesse voltar no tempo, faria muita coisa diferente. Não teria namorado Jaime, o cara mais popular do campus. Não teria chamado Túlio de melhor amigo. Nos cenários mais radicais, não teria nem mesmo vindo para Trindade.

E com certeza não teria cedido ao sono. Teria resistido ao momento em que deitei a cabeça na mesa da cabine de estudos. Em vez disso, teria arrumado minhas coisas e voltado para o dormitório.

Mas não, eu dormi aqui. Na biblioteca. Tudo bem se fosse um cochilo, seria merecido. Mas acordei há cerca de vinte segundos e encontrei tudo escuro ao meu redor — dentro e fora do prédio. Por um momento, não soube dizer se ainda era o mesmo dia.

A ausência de qualquer luz e o silêncio absoluto deixam claro, antes mesmo de eu conferir as horas no celular, que estou sozinho aqui dentro. Trancado.

Guardo minhas coisas com todo o desespero que a lentidão de um recém-despertar permite. Depois, rondo o térreo. Vou a todas as portas de acesso e saída e tento abri-las, mas todas estão trancadas.

Me sento no chão, encostado no vaso de uma planta meio viva, meio morta no saguão principal, e penso no que fazer.

Dormi melhor na mesa do que nas noites no meu próprio quarto, então passar o restante da madrugada aqui não pareceria má ideia se eu tivesse algo para comer na mochila. No entanto, já acabei até com as balas de café que sempre pego na coordenação do curso, o relógio já marca 23h27 e minha última refeição foi o almoço.

Sinto meu estômago roncar como se concordasse que continuar aqui não é uma opção.

Solteiro **em PRODUÇÃO** 41

Como tudo pode piorar, percebo que meu celular está descarregado. Tenho um primeiro vislumbre de sorte no meio dessa maré de azar infinita e constato que meu carregador portátil ainda tem o suficiente para uma carga.

Enquanto o celular inicia, acoplado ao dispositivo, percorro mentalmente a pequena lista de conhecidos que não me odeiam. Quem poderia me socorrer?

Levi parece a resposta certa. Apesar da chatice de ficar me chamando de cachorrão, ele é o único que continua me tratando da mesma forma depois dos eventos do ano passado, então é o contato que busco assim que o telefone volta a funcionar. Primeiro, mando mensagem e tento ligar quando não recebo resposta. Ele não atende. Deve estar dormindo. Que inveja.

Minha aflição cresce quando volto a analisar as minhas opções. O ex-namorado que destruiu minha vida social? Ou talvez o ex-melhor amigo que fez parte dessa destruição, além de ser o atual responsável pelas minhas noites maldormidas?

Nem pensar.

Vou excluindo as possibilidades uma a uma até que me resta apenas um nome.

A urgência de sair desta biblioteca vence qualquer orgulho que poderia me fazer pensar duas vezes antes de abrir a conversa com ele na mesma rede social de sempre.

Ignoro a última mensagem que enviei, aquela maldita carinha surpresa, e digito o meu pedido de socorro.

> **Mika:** oi... tô preso na biblioteca. consegue falar com o administrador do seu dormitório pra ver se ele pode mandar alguém pra me ajudar?

> eu sei que tá muito tarde, mas estou morrendo de fome... queria sair logo daqui

Tento limitar minhas expectativas assim que pressiono "enviar". É possível que Lucas já esteja dormindo, ou que esteja confortável demais em sua cama para sair em busca do administrador do dormitório.

Enquanto abraço a tragédia de ficar preso aqui até as oito da manhã, o celular vibra. Meu peito se enche de alívio.

Lucas já tô indo!

Eu gostaria que Lucas se materializasse de imediato na minha frente. Quanto mais rápido ele chegar, mais rápido vou estar livre. No entanto, meu tempo na biblioteca escura e solitária se estende por meia hora, talvez um pouco mais, até que a quietude ao meu redor é interrompida pelo ruído das dobradiças enferrujadas da entrada principal.

A porta de vidro e alumínio, agora aberta, é preenchida pela silhueta de um homem parrudo que aponta uma lanterna para mim, ofuscando minha visão.

— Meu herói!

— Anda logo — diz o homenzarrão num tom incompatível com minha alegria, como se eu tivesse atrapalhado sua noite inteira. — Chispa daqui.

Fosse outra situação qualquer, a grosseria ecoaria dentro de mim e seria devolvida com nuances de raiva e constrangimento. Mas, depois de ter chegado a acreditar que passaria a noite aqui sem nada para comer, ser expulso dessa maneira não parece tão ruim. É por isso que obedeço quase mecanicamente, abraçando minha mochila com a mesma força que uso para abraçar a liberdade recém-recuperada.

Assim que piso na calçada, no entanto, o alívio abre espaço para a confusão.

SOLTEIRO EM PRODUÇÃO 43

Vejo um carro velho estacionado logo à frente. E Lucas de pé ao lado dele, usando o mesmo casacão amarelo do dia da calourada.

Eu me aproximo, incerto e um pouco surpreso também.

— O que você está fazendo aqui? — pergunto, modulando o tom para não correr o risco de soar ingrato. — Não precisava ter vindo junto com o segurança. — Aponto com o polegar por cima do ombro para o homem que volta a trancar a porta com gestos bruscos. — Já está tarde. Você precisa descansar.

Lucas sorri, exibindo os caninos sobressalentes, ao que estende uma embalagem de isopor na minha direção. A brisa suave desalinha seus cachos escuros, espalhando-os pelo rosto bonito, mas ele não parece se incomodar.

— Você disse que estava com fome — relembra, ainda estendendo a embalagem para mim. — Vim trazer seu jantar.

O impulso de dizer algo perde força quando percebo que não sei o que responder, então fico parado, calado, olhando com surpresa para o cara na minha frente.

— Meu amigo trabalha numa lanchonete fora do campus — explica Lucas, então, com o sorriso manchado por um quê de desconforto. Talvez porque ainda não aceitei o lanche que ele trouxe para mim. Então, faço isso, ainda sem jeito, enquanto ele termina de explicar: — Fui lá conhecer. Quando li sua mensagem, comprei o último salgado e vim correndo. O carro é dele. Do meu amigo. Não do salgado. — As pálpebras dele se fecham por uma fração de segundo em uma reação involuntária à própria fala atrapalhada.

Antes que eu diga algo, Lucas dá um tapa suave na lataria do Gol 1998 quatro portas. O carro está tão malcuidado que esse simples toque, com um pouco mais de força, parece capaz de desmontá-lo inteiro.

— Venham dar oi — pede Lucas, mas ninguém sai do carro. Em vez disso, alguém gira a manivela do vidro.

A janela do carona, até então entreaberta, desce aos poucos. O movimento é engasgado, como se demandasse muito esforço, e a lentidão transforma o suspense em constrangimento.

Quando o vidro fumê chega ao limite, um cara do outro lado, o motorista, acende a lanterna de um celular. Ele é alto, a cabeça quase toca o teto do Gol e o corpo, um amontoado de músculos sem muita definição sob a pele branca, ocupa todo o assento.

A garota no carona resmunga quando a luz é direcionada aos seus olhos e usa a mão para tentar se proteger. Percebo, pela coletânea de pulseiras em seu punho, que uma delas representa as cores da bandeira trans.

Os dois são familiares. São as pessoas que estavam com Lucas no dia da calourada.

— A luz interna queimou — diz o rapaz atrás do volante.

— Em 2007 — informa a garota.

Tento oferecer um sorriso divertido, mas desisto quando percebo que pode pegar mal. Não quero ofender o dono do carro.

— Esses são Heitor e Valéria — apresenta Lucas. — Valéria é da minha turma, Heitor é veterano de Medicina. Tá no terceiro ano. É o meu colega de quarto.

— Entendi. — Não sei mais o que dizer, então direciono minha atenção para o lanche que ele trouxe para mim. Dou uma chacoalhada na embalagem, sem força, só para trazê-la ao foco da conversa. — Quanto tô devendo pelo lanche?

Lucas dá de ombros e aumenta o sorriso.

— O direito de te dar uma carona até seu dormitório.

Meu olhar desliza para o Gol debilitado. Não sei como só a luz interna queimou. O estado do carro é deplorável. A pintura é toda irregular, com manchas acinzentadas sobre o vermelho, a lataria tem pelo menos três amassados no lado direito e, ao que me parece, um no teto.

Não estou com disposição para caminhar até o dormitório, mas a lata velha também não me inspira muita confiança.

Solteiro em **PRODUÇÃO** **45**

— Por favor, Mika?

Eu suspiro. A voz de Lucas é apelativa, mansa, do tipo que consegue tudo o que quer. Seu poder de persuasão é alimentado pelos olhos gentis, pelo sorriso bonito, e até mesmo pelo gesto de ter vindo até aqui me resgatar. Fica difícil dizer "não", então não digo.

Venço a relutância e vou para o assento traseiro. Lucas Marconi entra logo em seguida, com seu casaco amarelo e o sorriso suave ainda estampado no rosto.

A porta range horrores quando ele a fecha. O carro tem cheiro de século passado e por dentro parece mais detonado que minha vida social no campus.

— Oi — cumprimento as duas pessoas na frente. — Me chamo Miguel.

— Nós sabemos — diz Valéria, virando o corpo no assento do carona para olhar para mim.

Lucas parece não estar ciente dos boatos que me perseguem no campus, mas seus amigos provavelmente sim. É a única explicação que encontro para o riso que Heitor e Valéria estão segurando.

— Podem chamar de Mika — anuncia Lucas.

Balanço a cabeça para os lados.

— Não podem, não. — Antes que algo mais seja dito, disparo: — Meu dormitório é o zero-nove.

— Beleza, Zero-nove — diz Heitor. Ele gira a chave, o motor ameaça ligar, mas desiste no último instante. Tenta de novo. Desta vez, o assento sob meu corpo treme como se estivesse tentando me jogar para fora, e os pneus começam a girar sobre a pista de paralelepípedos. Inabalado, como se o carro estivesse em perfeitas condições, Heitor repete para si mesmo: — Zero-nove...

Valéria continua sentada com a atenção voltada para mim. Ela não está usando cinto de segurança, mas não sei se é porque não tem ou porque gosta de viver a vida perigosamente.

— Falamos muito de você, Miguel — diz ela, de repente. — Lá no dia da calourada de Engenharia de Produção.

Valéria tem cabelo curto e volumoso, tipo chanel, com ondas escuras entrecortadas por mechas quase platinadas, olhos pequenos e afiados e um sorriso que beira a malícia. No entanto, não é para mim que ela o direciona, e sim para Lucas.

— Falaram? — questiono. Aproveito a oportunidade para descobrir de uma vez: — Sobre o quê? Sobre os meus boatos?

— Que boatos? — questiona Heitor, dirigindo pelas ruas vazias do campus.

— Você é o único veterano dos três — aponto, desconfiado. — É claro que você sabe dos boatos.

— Que boatos, cara? — insiste Heitor. — Eu nem sabia quem você era até sexta-feira.

—Amigo, olha isso aqui. — Valéria aponta para além do para-brisa. — Olha isso aqui. É uma cidade universitária. A população daqui é duas vezes a população da cidade em que eu nasci. Você acha mesmo que todo mundo sabe de tudo o que acontece com cada aluno? Ou isso ou você se acha importante o suficiente para todo mundo te conhecer, mas isso não condiz muito com quem imaginei que você fosse depois de tudo o que Lucas falou.

O argumento de Valéria faz sentido.

— Trindade é enorme, Mika. — diz Lucas num tom leve, despreocupado.

— É maior que esse casaco gigante do Lucas — continua Valéria.

— Mas quais são os boatos? — insiste Heitor. Percebo que agora ele está curioso. — *Bosta* — resmunga baixo quando o carro engasga e morre no meio da pista vazia. — Não se preocupa. Acontece o tempo todo.

— Não tô preocupado, não — minto, tentando manter o tom descontraído.

Talvez fosse melhor ter voltado andando mesmo.

— Então, sobre os boatos. — Agora é Valéria quem tenta retomar o assunto. — Pode contar pra gente, já que pelo visto somos os únicos que não sabem da fofoca.

— Não.

— Ok. — Ela enfim ajeita o corpo esguio sobre o banco, virando-se para a frente. Não parece chateada com a minha negativa reticente. — Valeu a tentativa.

Ouço o som de uma risada contida, mas não dou atenção. Em vez disso, resolvo obedecer meu estômago vazio e levanto a tampa da sanduicheira de isopor.

— Pode comer no carro? — pergunto.

— Tranquilo — responde Heitor, com uma das mãos firme no volante, a outra na marcha. — Mas se cair algo no banco, não coma. Tá meio sujo.

Não vejo necessidade de apontar que é fácil perceber. Minha calça parece que *gruda* no assento, como se eu estivesse sobre uma gosma ressecada. O pensamento não instiga meu apetite, mas poucas coisas seriam capazes de me impedir de comer agora. Então, mesmo secretamente enojado, dou uma primeira mordida no salgado.

Descubro, três pedaços depois, que é uma esfirra de carne. Talvez seja a fome, talvez o salgado realmente seja muito bom.

— Sua lanchonete tá aprovada — digo para Heitor depois de engolir um pedaço grande demais.

— Não é minha. Eu trabalho lá. Sou garçom.

Balanço a cabeça, desinteressado em continuar a conversa. Meu foco é fiel à esfirra e somente a ela, ainda que eu não esteja alheio à atenção que Lucas dedica a mim.

— Entregue são e salvo, Zero-nove — diz Heitor assim que estaciona na frente do prédio recém-construído.

Meu dormitório é o mais recente de toda a universidade, então a estrutura ainda é impecável e tudo tem cheiro de novo.

Não fosse meu colega de quarto e o fato de ser o mais distante dos prédios onde tenho a maioria das aulas, seria perfeito.

— Valeu — agradeço, puxando a maçaneta interna para abrir a porta.

Engulo um berro quando o negócio se solta e fica inteiro na minha mão.

Valéria explode em uma risada no banco do carona, enquanto Heitor contorce o corpo grande no assento do motorista para tentar entender o que aconteceu.

— Já tava quebrado, né? — pergunto, com uma nota de esperança na voz.

Eu não sou vândalo. Não quero destruir o carro de ninguém, não.

— Não! — Infelizmente, essa é a resposta. — Era uma das únicas partes inteiras do carro!

Meus olhos se arregalam e desespero se espalha dentro de mim.

— É brincadeira dele! — diz Valéria, gargalhando. — Esse carro não tem nada inteiro, Miguel.

— Desce por aqui — chama Lucas, com os lábios desenhados em um sorriso sem dentes, suave e atencioso.

Com um único aceno, eu me arrasto pelo banco depois que ele abre sua porta e desce primeiro. Antes de segui-lo para fora, estendo o troço quebrado para Heitor.

— Valeu mesmo. Aqui sua maçaneta — digo.

A risada de Valéria ganha força, mas apenas saio do carro e sou assombrado pelo ranger enferrujado da porta assim que Lucas a fecha com cuidado.

— Eu vou acompanhar Mika até o quarto. Podem ir, se quiserem.

— Relaxa — diz Heitor com a maçaneta solta na mão ao acenar para mim. — A gente espera.

Desvio minha atenção para o ponto amarelo ao meu lado antes de declarar:

Solteiro em **PRODUÇÃO** 49

— Obrigado mesmo por ter ido me salvar lá hoje, mas não precisa me acompanhar, não. Vocês devem estar cansados.

— Eu só queria falar com você — responde Lucas, tomando a liberdade de dar o primeiro passo dormitório adentro. Mas para, ao esclarecer: — A sós.

Que noite atípica.

Quebro a embalagem vazia do meu salgado delicioso e jogo-a na lixeira ao lado da entrada do prédio.

— Já estamos sozinhos... — aviso dois passos depois de entrarmos. Confesso que estou curioso. — Pode falar.

— Você parece tenso.

— Porque você tá esquisito.

Lucas ri, me acompanhando quando começo a subir o lance de escadas até o segundo andar. Apesar da hora, o dormitório continua movimentado.

— Não quero dizer nada de mais. É que você pareceu preocupado quando Valéria comentou que falamos sobre você... eu só queria dizer que não falamos nada ruim. Só falamos bem de você, Mika.

—Até agora ninguém me explicou o que e por que vocês falaram de mim — comento, sem pressa ao subir cada degrau.

— Foi minha primeira semana aqui em Trindade, eu conhecia Valéria e Heitor há cinco dias. Bebi um pouco pra me soltar com eles e comecei a falar de um amigo virtual que também estava estudando aqui... Foi só isso. É que toda vez que eu bebo, lembro de você.

— Que sina.

— Não que lembrar de você seja algo ruim. Eu adoro me lembrar de você e adoro ter encontrado amigos que me ouviram falar sobre você sem parar. E que não reclamaram quando mostrei várias fotos suas...

— Fotos minhas? — Isso explica como os outros dois me reconheceram tão rápido sem que fosse pelos boatos. Mas... — Você ainda guarda as fotos que eu te mandava?

50 RUTH OLIVEIRA

— Algumas. As minhas favoritas.

— Garoto, você definitivamente é esquisito.

Ele sorri e para de caminhar quando eu também paro, diante da porta do meu quarto compartilhado com Túlio.

— Não é que eu seja esquisito. — Ele se balança sobre os pés, inquieto. — É só que você realmente foi meu amigo. Não só meu amigo virtual. Sei que pra você deve ter sido só isso, mas...

Pressiono meus lábios até formarem uma linha fina, tomando alguns segundos até fazer uma negação suave com a cabeça.

— Você era meu amigo de verdade, Lucas. Mais amigo que muitos que estavam sempre fisicamente perto de mim. Você era importante.

O sorriso que ele abre é o mais bonito que já vi em seu rosto. É o mais sincero, pincelado com tons de alívio.

— Então... é só isso, Mika. Quando decidi vir pra Trindade, queria mesmo falar com você, mas fiquei com medo. Naquele dia... na calourada, enquanto falava de você pra Heitor e Valéria, eles me incentivaram a mandar uma mensagem. Por isso mandei aquele "oi" do nada.

As coisas estão fazendo sentido agora.

— Certo. Entendi. Mas você ainda é meio esquisitinho.

— Um pouco, eu acho. Mas posso perguntar, Mika? Eu queria muito saber uma coisa...

— O quê?

— Você já teve seu encontro perfeito?

Me esforço para que meu rosto não expresse nada além do que eu quero mostrar.

A minha ideia de encontro perfeito era quase vergonhosa de tão simples. Eu só queria ir à praia com a pessoa por quem me apaixonasse.

Fiz isso com meu ex. Exatamente aquilo que queria fazer. Ao mesmo tempo, tudo que aconteceu depois mancha as mi-

Solteiro **em PRODUÇÃO** 51

nhas lembranças, e não vejo perfeição alguma em nada do que me aconteceu desde que cheguei a essa universidade.

Minha resposta vem, então, como um dar de ombros. Em seguida, digo:

— Nunca tive.

E sei que nunca terei.

Lucas esconde as mãos nos bolsos do casaco amarelo. Não sei como ele consegue vesti-lo aqui. Além de termos acabado de subir as escadas, o corredor é quente, mas ele parece não se incomodar. Continua de expressão calma, o olhar atento a mim.

São olhos bonitos. Lucas inteiro é muito bonito. Não entendo por que nunca me mandou fotos se seu rosto sempre foi assim.

— É estranho finalmente dar um rosto àquele cara com quem eu vivia conversando e compartilhei tantos dos meus pensamentos — confesso, incapaz de encontrar uma brecha para me despedir.

— Ficou decepcionado? — pergunta ele, com um sorriso quase tímido.

— Impossível. Tanto tempo depois, eu não tinha nenhuma expectativa.

— Ah...

— E mesmo que tivesse, não decepcionaria — concluo. — Você é muito bonito, Lucas. Combina com a personalidade que admirei por tanto tempo.

O sorriso ganha espaço novamente em seu rosto; a pele negra se franze ao redor dos olhos escuros e as maçãs do rosto ficam mais evidentes. É adorável. De verdade.

— Você também é muito bonito, Mika. Eu sempre achei.

Tudo que eu faço é assentir, tentando permanecer sem reações exaltadas.

— Enfim... — Ofereço um sorriso de despedida. — Boa noite, Lucas.

Uso minha chave para abrir a porta, e logo o ronco de Túlio invade o corredor quente como um monstro à espera da libertação.

— Hora de ter mais uma péssima noite de sono — anuncio, frustrado, mais para mim do que para ele.

— Mika? — chama Lucas quando viro as costas para adentrar meu pequeno inferno na Terra.

Eu me viro para encará-lo, e encontro uma expressão ilegível. Ele parece tímido, mas determinado. Não consigo antecipar o que se passa na mente dele.

— Oi… — respondo, movido pela curiosidade.

— Você é realmente muito bonito.

— Obrigado…?

— Quer dizer… — continua. — Isso não é segredo. Eu sei que você deve ter mil caras e garotas atrás de você, mas…

Ah, não.

Não faz isso, Lucas.

— Não — corto, ciente do que ele está prestes a fazer.

Meu tom é severo, irredutível, mas Lucas parece não entender o quão sério estou falando agora.

Talvez porque o que ele conheceu foi o Miguel romântico, o Miguel que esperava viver um grande amor e nada além de um maldito encontro na praia, ou em qualquer lugar, sem medo de ser quem era.

O Miguel de hoje é o oposto. Meus relacionamentos nunca me proporcionaram nada além de situações dolorosas e desconfortáveis. Então o romance está banido da minha vida.

Mas ele não sabe disso. Não faz ideia. Por isso, não desiste de falar.

— Quero cumprir aquela promessa, Mika. Eu quero te dar o seu encontro perfeito.

Balanço a cabeça para os lados em uma negativa frustrada.

Eu poderia me habituar com a ideia de que esse cara é o amigo que tive por tanto tempo, mas não existe a menor pos-

SOLTEIRO EM **PRODUÇÃO** 53

sibilidade de eu aceitar esse tipo de interesse, menos ainda de correspondê-lo. Não quero me envolver, não quero nem mesmo um encontro casual, menos ainda quero ser objeto de desejo de qualquer pessoa que seja. Não me importa se a pessoa é dona de uma personalidade encantadora e de uma aparência impecável.

— Eu não preciso mais de um encontro perfeito, Lucas. Hoje sei que eles não existem. — É tudo o que digo antes de fechar a porta do quarto e deixá-lo para trás.

ETAPA 5
O lugar onde não há paz

Não sei há quanto tempo estou sentado na cama sendo torturado pelo ronco escabroso de Túlio. É a nona noite seguida de convívio forçado com esse som. Diferente das demais, no entanto, o que mais me incomoda hoje são os meus pensamentos.

Tento ignorar o amargor no fundo da garganta, mas ele se espalha pela minha boca e, dela, como praga, invade todos os meus sentidos.

Fecho os olhos com força e aperto o lençol.

Não me arrependo de ter sido firme em minha negativa. Não é que eu deseje, no fundo, que Lucas me leve a um encontro.

Não quero. Nem ele, nem ninguém.

Mas eu não deveria ter me despedido daquela maneira. Ele me resgatou da biblioteca, levou comida para matar a minha fome e fez questão de me deixar no dormitório, e tudo que fiz foi encerrar a conversa de um jeito grosseiro e fechar a porta na cara dele.

Tenho meus motivos para me esquivar de qualquer investida, mas Lucas não os conhece. E não me sinto na obrigação de explicá-los, mas sei que devo me desculpar ou continuarei a ser atormentado por essa sensação desgostosa de culpa.

Solteiro em **PRODUÇÃO** 55

Depois de muito remoer minha própria atitude, enfim pego o celular e navego até a conversa com ele. Não penso muito antes de digitar, porque já gastei minha cota de reflexões antes de desbloquear a tela.

Mika: ei.... obrigado mesmo por ter me ajudado hoje. obrigado pelo jantar e pela carona também

e me desculpa por ter me despedido daquele jeito

Lucas: não precisa se desculpar, mika. tá tudo bem. fico feliz de ter te ajudado

mas por que você ainda não dormiu?

Mika: você não ouviu nada quando abri a porta do quarto? o ronco do cara que dorme aqui comigo parece o motor engasgado do carro do seu amigo

Lucas: credo :(é toda noite assim?

Mika: to-da noite. não consigo dormir bem desde que as aulas começaram. por isso fiquei preso na biblioteca, acabei dormindo lá

mas, olha, só queria agradecer e me desculpar mesmo. você também deve estar cansado

boa noite, lucas

> **Lucas:** boa noite, mika. espero que consiga dormir melhor hoje

Volto a bloquear a tela do celular, tomado por uma infinidade de sensações distintas. A culpa, que deveria ter perdido força, apenas se tornou maior diante da compreensão de Lucas. Eu me sentiria melhor se ele tivesse ficado com raiva da minha ingratidão.

Ele é um doce. Sempre foi, na verdade, e me pego preso ao desejo de tentar mais uma vez. De tentar ser amigo dele de novo, porque essa doçura de Lucas é algo que nunca deixei de admirar. Eu gostaria de tê-lo por perto.

Seria bom voltar a ter um amigo de verdade.

Ao mesmo tempo, não consigo deixar de pensar no que ele me disse. Não consigo deixar de pensar que ele quer me levar a um encontro, que talvez tenhamos expectativas diferentes em relação ao outro.

Não sei se Lucas se envolve com outros rapazes. Durante nossas conversas, ele nunca tocou no assunto. Também nunca chegou a falar de garotas. Na verdade, Lucas falava muito pouco dele mesmo.

A ausência de certezas me empurra em uma direção perigosa: a de me forçar a acreditar que, talvez, ainda que seja improvável, Lucas só tenha tocado no assunto do encontro por conta da promessa boba que me fez tempos atrás.

Pode ser isso. Pode mesmo.

Essa esperança tem um efeito quase imediato em mim, e me sinto melhor. Então, o ronco de Túlio fica mais intenso por um instante, como se ele sufocasse por uma fração de segundo, e o alívio evapora para algum lugar distante.

Meu olhar repousa no cara que chamei de melhor amigo nos primeiros meses que passei aqui em Trindade, deitado na cama em frente à minha. Apenas nossas mesas de cabeceira separam uma da outra.

SOLTEIRO EM **PRODUÇÃO** 57

Túlio não veste nada além de uma samba-canção, e usa o cobertor para esquentar somente os pés. O peito e o abdômen, ambos marcados por tatuagens de insetos, ficam expostos.

Aqui, no quarto iluminado apenas pelos feixes de luz que entram pela janela, não consigo enxergar os detalhes dos desenhos eternizados na pele branca dele. Se eu não soubesse de antemão, talvez não conseguisse perceber que os cabelos dele são dourados, que o nariz é enorme e que as orelhas têm mais piercings que cartilagem.

Mas, seja no claro ou no escuro, sei que Túlio é uma pessoa horrível. E sei que eu também devo ser, porque só assim para merecer o castigo de dividir um quarto tão pequeno com ele.

Cansado de fuzilar a imagem desse infeliz, encho meu corpo de coragem e me levanto da cama. Saio do quarto com uma nécessaire, uma toalha e as roupas velhas que uso como pijama. Faço tudo com doses desnecessárias de barulho. Se não vou dormir bem, o traíra do Túlio também não vai.

Sigo ao banheiro compartilhado com os outros moradores do segundo andar. O fluxo de alunos pelos corredores é menor do que quando Lucas me deixou aqui, mas ainda é possível ouvir, através das portas fechadas, que muitos deles continuam acordados.

Quando entro no banheiro, ouço o som de alguns chuveiros ligados e vejo dois caras na bancada das pias. O mais baixo dos dois, todo parrudo, apoia o quadril na superfície de mármore enquanto o outro passa o fio dental. Sigo até a última pia da fileira, a mais afastada, mas ainda assim ouço a conversa.

— Nem queria ficar com aquela mina — diz o parrudo. — Só fiquei porque não tinha outra opção.

Não expresso nenhuma reação, apenas enfio a escova de dente na boca e controlo a vontade de revirar os olhos.

— Ela seria gata se deixasse o cabelo crescer — comenta o outro cara depois de escarrar na pia. Ele passa o fio dental entre dois dentes, pausa mais uma vez e diz: — Mas eu pegaria do jeito que tá.

Não me surpreende que esses caras sejam duas das pessoas mais feias que já vi e estejam aqui falando como se fizessem um grande favor ao ficar com alguém, mas incomoda mesmo assim.

Depois de um ano compartilhando o espaço com tantos outros caras, aprendi a ficar na minha para evitar confusão, mas não a driblar a raiva que sinto. Então, já que eles não parecem inibidos por minha presença, escovo os dentes com pressa para sair o mais rápido possível daqui enquanto evito dirigir a atenção para eles. Tudo que observo são meus próprios olhos no espelho, as íris verdes e o quê de irritação neles.

Enquanto isso, os dois continuam:

— É — diz o parrudo. — Eu queria mesmo é aquela caloura. Aquela, sim, é gostosa de verdade.

O outro escarra de novo e joga o fio dental usado na lixeira.

— Que caloura? — pergunta, inclinando-se para lavar a boca.

— Damiana. Doriana. Tatiana? Sei lá, cara. Aquela lá. A gostosa, bem gostosa mesmo.

Desta vez, o impulso que contenho é o de olhar para eles pelo reflexo do espelho. Estão falando da garota que me arrastou para jogar verdade ou consequência só para não me deixar sozinho na calourada?

A amiga de Lucas apontou, sabiamente, que o campus é gigante, então talvez eles estejam falando de outra caloura chamada Damiana — ou Doriana, ou Tatiana. Ainda assim, meu incômodo, já grande demais, se torna ainda maior ao ouvi-lo usar esse tom para falar de alguém. Esse tom de quem se refere a um objeto, não a uma pessoa.

A conversa continua:

— Ah, o outro calouro já tá pegando ela, né? — pergunta o do fio dental. Eles começam a se preparar para sair do banheiro.

— É. O tal do Marconi. — O parrudo cruza os braços sobre o peitoral largo.

A menção ao sobrenome de Lucas me deixa em alerta. Ele e Damiana estão juntos? E ele teve a cara de pau de dizer que quer me levar para um encontro?

— Tem um monte de mina a fim dele — constata o outro em tom de incômodo, certamente inveja.

— Bando de desesperada...

Paraliso diante da água corrente, com os cantos da boca sujos de espuma de creme dental. É impossível lutar contra o impulso de arranjar confusão com esses caras. Antes que eu abra a boca para mandar os dois calarem as deles, alguém arrasta os pés banheiro adentro e pergunta, com a voz tão preguiçosa quanto os passos:

— Como vocês conseguem falar tanta merda uma hora dessas?

A dupla de imbecis olha na mesma direção que eu e avistamos a mesma imagem: um cara alto, loiro, tatuado e sonolento.

Túlio, o traíra.

— Qual foi? — pergunta o parrudo, afastando o corpo da bancada. Parece no pique para começar uma briga, mas o outro bate com as costas da mão no ombro do amigo.

— Sem confusão, cara...

— Escute seu amigo — diz Túlio, parando diante de uma das pias. Ele se curva para lavar o rosto, mas, antes de fazê-lo, olha para a dupla ao lado. — E parem de falar besteira. Ninguém quer ouvir esse papo escroto. Pelo amor de Deus...

O parrudo dá um solavanco para a frente, mas é impedido pelo amigo mais uma vez. Túlio não se afeta pela sede de conflito do outro e usa as mãos em concha para jogar água no rosto, enquanto continuo assistindo à cena sem reação.

— Vamo embora. Vem, cara — chama o mais alto, puxando o amigo pelo braço.

Ele resiste para fuzilar Túlio com o olhar, e parece ainda mais puto quando não recebe nenhuma reação, mas por fim se deixa levar para fora do banheiro.

O espaço se torna menos desagradável sem eles, embora o desconforto permaneça igual. Agora que os dois foram embora, minha atenção recai sobre Túlio, que termina de enxaguar o rosto, arruma a postura e olha para mim com os olhos azuis cheios de sono.

Nos encaramos em silêncio, ouvindo apenas o som da água caindo nas cabines de banho ocupadas.

— A gente ainda não conversou — diz ele, então, quando dou fim à troca de olhares para enxaguar a boca.

Ajusto a postura, seco a boca com a toalha que eu trouxe e guardo a escova de dente na nécessaire.

— Nem vai — respondo, enfim.

Ele pode ter calado a boca daqueles imundos, mas não deixa de ser um babaca também.

Túlio suspira e coça os olhos com a mão esquerda. O nariz enorme se franze de desgosto.

— Que saco, Miguel…

— Digo eu, Judas.

— Dá pra deixar de ser infantil pra gente tentar ter um semestre tranquilo? Nós somos colegas de quarto, porra.

— Somos. E essa é uma das piores coisas que já me aconteceu. Vai pro inferno e finge que eu não existo mais, Túlio.

Antes que ele diga algo mais, junto minhas coisas e sigo a um dos chuveiros desocupados.

Esta noite está sendo longa demais.

ETAPA 6
O sentimento nunca revelado

Quando o dia nasce e meu despertador toca, tenho certeza de que não dormi mais do que umas três horas. E não em sequência.

A cama de Túlio já está vazia, arrumada, e o quarto em um silêncio interrompido apenas pelos sons de um novo dia no campus.

Libero um suspiro pesado e sofrido quando me sento na cama e sinto a cabeça latejar de dor, respondendo a todo o cansaço acumulado. Preciso fazer alguma coisa a respeito dessas noites em claro, ou vou colapsar antes das primeiras provas.

Antes que eu possa pensar em qualquer possível solução que eu já não tenha tentado, alguém bate na porta.

Continuo sentado, cansado demais para me levantar, e olho para a porta como se ela pudesse se abrir sozinha. Como isso não acontece, novas batidas ecoam pelo quarto.

— Mika, você tá aí? — Soa uma voz que está começando a se tornar familiar.

Não entendo o que Lucas está fazendo aqui a essa hora da manhã, e por um momento penso em ignorá-lo. A última noite foi a pior desde que as aulas se iniciaram, e sei que isso vai refletir no meu humor. Já fui grosseiro ontem, o coitado não merece enfrentar meu amargor de novo.

No entanto, desisto da ideia quando ele bate na porta pela terceira vez.

Enfim me levanto, sem me importar em amenizar a expressão cansada e os cabelos amassados antes de recebê-lo.

— Bom dia, Mika — diz assim que me vê.

Quando pouso o olhar nele, me atenho à percepção de um Lucas já pronto para seus compromissos do dia, enquanto eu continuo com a maior cara de sono e roupas velhas e furadas. Os ponteiros do relógio insuportável de Túlio seguem contabilizando os segundos do meu atraso cada vez maior.

Percebo também que hoje ele não está usando o casacão amarelo, mas uma camisa da mesma cor. Acho que já sei qual é a favorita dele.

— O que houve, Lucas? — questiono, ainda confuso com a visita a essa hora da manhã.

— Vim te trazer isso — anuncia, oferecendo um pacote pequeno, menor que a palma dele, e algo que parece uma máscara de dormir.

Estendo a mão direita, sobre a qual ele deixa os dois itens. Mesmo tocando, não consigo identificar o objeto que está dentro do embrulho.

— O que é isso?

— Tampões de ouvido e uma máscara de dormir — explica. O sorriso orgulhoso não me passa despercebido. — Pra você usar à noite e dormir melhor.

Olho para o pacote miúdo na minha mão, depois para Lucas novamente, e o encontro com a expressão suave e gentil de sempre, exibindo o sorriso bonito com caninos sobressalentes.

São sete da manhã. Não costumo confiar em quem tem essa paz de espírito às sete da manhã. Mas ao mesmo tempo... é fofo.

— Obrigado — digo, fechando os dedos em torno do presente. — Onde você arranjou isso?

— Eu trouxe lá de Itabuna. Vim preparado pra todo tipo de contratempo. Acho que exagerei um pouco... não sei. Tipo, na minha cabeça é possível que eu precise de qualquer coisa entre um sachê de chá e uma raquete de matar mosquito. Os tampões de ouvido e a máscara estavam mais ou menos no meio dessa escala. Mas viu só? Vão servir pra alguma coisa.

Me surpreende que ele seja capaz de falar tanto, e mais ainda que isso não me irrite. Na verdade, preciso até mesmo lutar contra um riso que inesperadamente ensaia se abrir em meu rosto.

— Você não vai precisar? — pergunto, engolindo a vontade de rir.

— Heitor é muito silencioso e eu nunca uso máscaras de dormir.

— Então... obrigado — digo, porque rejeitar qualquer possibilidade de abafar o ronco de Túlio está absolutamente fora de cogitação. — Valeu mesmo.

— Eu sempre falei que te ajudaria no que pudesse, Mika. Isso não é nada de mais.

Não sei como reagir, então continuo calado, quase paralisado, observando-o sem acreditar em como ele é capaz de dizer coisas assim como se não fossem nada.

O sorriso no rosto de Lucas perde força aos poucos, abrindo espaço para uma feição que transita entre vergonha e arrependimento.

— Eu... — começa ele, mas fica claro que não sabe em que direção seguir com as palavras. Coça o ombro, na altura da clavícula, antes de esfregar a palma na nuca e libertar uma risada sem jeito. — É estranho falar essas coisas cara a cara...

Me limito a assentir. É estranho, sim. Tudo na dinâmica entre nós dois tem um quê de esquisito, na verdade, mas até agora eu achava que era o único a perceber. Ou o único a me incomodar.

No entanto, enquanto eu poderia simplesmente abraçar esse sentimento e me afastar, Lucas demonstra determinação em soterrar o desconforto sob novas tentativas de reaproximação.

— Já tomou café? — pergunta ele.

—Acabei de acordar — revelo, mesmo achando que isso está bem óbvio.

— Quer ir comer alguma coisa?

— Não dá tempo. Vou me atrasar.

—Ah... perdeu a hora?

Nego com a cabeça e uso os dedos para jogar os cabelos para trás, afastando-os do rosto. Sinto que vou precisar de uma ducha muito gelada para conseguir expulsar a preguiça.

—Acordei na hora certa, mas não planejei comer de manhã, então...

— Entendi. Quer que eu vá comprar alguma coisa enquanto você se arruma? — Ele aponta com o polegar em uma direção qualquer por cima do ombro. — Vi um quiosque aqui perto.

— Não precisa. Tô tranquilo.

— Você costuma pular o café da manhã? — pergunta, mas não espera a resposta. — Quer almoçar comigo mais tarde?

Penso em todas as aulas que terei que enfrentar até o horário do almoço, penso no quanto o cansaço vai se intensificar até lá e penso que de jeito *nenhum* vou ter disposição para interagir com alguém durante a refeição. Também é possível que eu esteja enumerando meias-verdades para encobrir o que é um fato: Lucas me chamou para um encontro e eu *não* vou a encontros com ninguém, então não posso concordar em almoçar com ele como se isso não representasse um risco ao meu afastamento de romances.

Repondo, então:

—Ah, não. Não quero. Obrigado.

A sinceridade crua o pega desprevenido, mas eu também me surpreendo porque, em vez de se ofender, ele se diverte. Ao menos é o que concluo com a risada que ele tenta esconder.

SOLTEIRO EM PRODUÇÃO **65**

— Sério? — questiona, ainda contendo o riso.

— Seríssimo, Lucas.

— E amanhã? — Percebo que há um quê de implicância nessa nova tentativa.

O sorriso tem esse aspecto de provocação amistosa, e os olhos deixam claro que ele está me testando. Apesar disso, me pergunto se a brincadeira esconde um último fio de esperança de me arrancar um "sim".

Franzo as sobrancelhas, observando-o com desconfiança. Não encontro nenhuma resposta para as minhas perguntas em sua feição, então afasto o corpo para o lado, liberando a passagem da porta.

— Entra aqui um minuto — peço. — Precisamos conversar.

Ele é pego de surpresa pelo convite repentino, mas não oferece resistência. Fecho a porta quando ele já está dentro do quarto com o corpo parado e os olhos em movimento, captando os detalhes do cômodo.

Caminho de volta para a minha cama ainda bagunçada e me sento na ponta dela, com a atenção firme em Lucas. Ele retribui meu olhar, mas não sai do lugar quando aponto a cadeira da minha escrivaninha.

— Tá tudo bem? — pergunta ele.

— O que você quer comigo, Lucas? — respondo com outra pergunta.

As sobrancelhas escuras dançam sobre seus olhos, uma pequena linha se formando no centro da testa, e ele vira a cabeça um pouco para o lado.

— Quero passar mais tempo com você — responde, então, como se essa fosse mesmo a resposta que procuro. — Não sei como deixar mais claro que isso.

— Por quê? — insisto.

Lucas não parece entender a motivação das minhas perguntas. Decido colocar as cartas na mesa de uma vez para poupar o nosso tempo:

— Você... Nós fomos amigos por muito tempo, mas eu nem sei se você gosta de outros caras. Não sei ler quais são suas intenções. — Na falta de coragem para questionar se ele quer algo além da minha amizade, pergunto: — Você é hétero?

A expressão no rosto dele ganha um ar mais sério, um tanto pensativo, talvez receoso. O sorriso volta a se fazer presente, mas apenas na forma de um discreto torcer no canto dos lábios. Por fim, ele esconde as mãos nos bolsos da calça folgada e dá de ombros.

— O que isso quer dizer? — pergunto, ainda que a ausência de palavras passe uma mensagem muito clara.

— Isso quer dizer que eu achava que era.

— Achava?

— Sim. Até meus dezessete anos. Foi quando me apaixonei por um garoto pela primeira vez.

Nós já nos falávamos naquela época.

— Por que você nunca me disse nada? — pergunto.

Sei que posso estar sendo um pouco invasivo, mas minha curiosidade é maior.

Ele dá de ombros mais uma vez.

— Porque eu me apaixonei por um amigo. Não gostava de pensar no assunto. Tinha medo de dar muita atenção ao sentimento e perder uma amizade que era importante pra mim — conta Lucas num tom calmo e sincero.

Deve me faltar muita modéstia para acreditar que eu era esse garoto. No entanto, não consigo evitar a conclusão quando esse é o único motivo no qual consigo pensar para ele nunca ter falado sobre isso comigo.

— Quem era esse amigo? — questiono, envergonhado com a maneira como minha voz soa esganiçada e meu tom, acusatório.

— Importa? — Ele sorri com mais leveza. — Já faz três anos. Só falei sobre isso pra responder a sua pergunta. Eu não sou hétero. Sou bi. Foi por causa desse amigo que eu me entendi melhor.

— Você me considerava mesmo um amigo? Por que nunca me falou nada, ainda mais depois de tudo o que te contei sobre mim? — disparo, tentando disfarçar o tom ofendido da voz.

Quantas coisas a respeito desse cara eu nunca cheguei a descobrir?

Consigo identificar um lampejo de ultraje nos olhos escuros de Lucas antes de ele dizer com o tom firme:

— É claro que eu te considerava um amigo.

Passo as mãos pelo rosto. Subitamente, todo o sono parece ter evaporado de mim. Nada disso estava nos meus planos para sete da manhã de uma terça-feira.

E eu ainda não tive a resposta que estou procurando.

Então, junto coragem e pergunto de uma vez:

— E o que você quer comigo agora? Só amizade?

— Por que você parece tão tenso com esse assunto?

— Porque se você quiser algo a mais…

— Se eu quiser algo a mais…?

Percebo que estou prestes a estilhaçar a lembrança que Lucas tem do romântico incurável que eu costumava ser.

— Não vai rolar. Não é nada pessoal, Lucas. Eu me recuso a ter qualquer envolvimento com quem quer que seja. — Aproveito para confirmar o que ouvi no banheiro: — E você está saindo com Damiana, não está?

— Como assim? — pergunta ele. — Você ama romance.

Percebo que ele não me responde sobre Damiana.

— *Amava* — corrijo. — Agora eu só quero ficar sozinho.

Vejo sua expressão confusa, prestes a fazer questionamentos que não quero, nem tenho tempo para responder. Por isso, fico de pé e digo:

— Preciso me arrumar ou vou me atrasar de verdade.

Ele fica sem reação por um instante. No seguinte, assente e dá um passo para trás. Quando se vira para abrir a porta, parece perder o impulso e mais uma vez se vira para me olhar.

— Só pra deixar claro… — diz ele, abrindo outro sorriso. — Sei que eu falei sobre o encontro ontem… Espero não ter passado a impressão errada. Eu só queria cumprir a promessa que tinha feito. Até porque estou, sim, saindo com Damiana. E não quero nada além da sua amizade. Pode ficar tranquilo, Mika.

Lucas não espera uma resposta minha. Ele me dá as costas de novo e, sem voltar atrás dessa vez, finalmente sai do quarto.

ETAPA 7
O amigo que não é tão novo assim

Passo a semana inteira com a cabeça ao mesmo tempo cheia e sonolenta.

Os tampões de ouvido que Lucas me deu cumpriram sua função e abafaram o ronco de Túlio durante as madrugadas, e a máscara de dormir também se tornou uma forte aliada do meu conforto. Ainda assim, algo me impediu de ter boas noites de sono.

Apesar de ainda ser a segunda semana de aula do semestre, os conteúdos começaram a ficar intensos. Já comecei até a me questionar se eu não deveria ter feito outro curso.

Sempre acreditei que eu era de exatas, mas as aulas de Cálculo III e Física B estão me fazendo reconsiderar essa certeza. Talvez eu só seja bom com operações básicas. Talvez escolher Engenharia de Produção como graduação tenha sido um erro. Talvez eu só precise de uma noite bem-dormida.

Agora que a sexta-feira chegou, encerrando uma semana deprimente, enfrento o maior problema da minha grade de horários: a ausência de um intervalo para o almoço.

70 RUTH OLIVEIRA

Quando as aulas do dia acabam, o almoço do restaurante universitário já foi encerrado e a minha única alternativa é seguir para uma das lanchonetes nos arredores do campus.

Já passa das três da tarde e meu estômago não para de roncar, então só consigo pensar em maltratar minha saúde um pouco mais com um lanche exagerado acompanhado de um copão de refrigerante.

Meu plano envolvia fazer isso sozinho, mas um chamado familiar me alcança quando estou a apenas dois passos do meu destino.

— Cachorrão!

Tão perto.

Viro e encontro Levi do outro lado da rua, em uma das calçadas coloridas de Trindade. Minha expressão indisposta é corrompida por irritação assim que me dou conta de que Levi não está sozinho. Ele está com o responsável pelo isolamento social que vivo na universidade: meu ex.

Bom senso nunca fez parte da lista de qualidades de Levi, então não me surpreendo quando ele segura o braço de Jaime e o força a atravessar a rua na minha direção.

— Vai comer aqui também? — pergunta ele quando os dois param na minha frente.

Tento evitar que meu olhar pouse em Jaime, mas meu esforço é em vão. Quando dou por mim, estou em silêncio há tempo demais enquanto encaro o rapaz alto, magro e com olheiras evidentes.

Meu ex sustenta um conjunto estranhamente harmônico de pele branca e muito pálida, olhos caídos, nariz torto e lábios cheios. Ele é muito atraente. Ao menos era isso que eu pensava antes de tudo. Agora, tudo nele me provoca desgosto.

— Miguel? — chama Levi quando a minha demora para responder começa a ficar esquisita.— Vai comer aqui também? — ele insiste.

Forço minha atenção a abandonar os olhos acinzentados de Jaime para repousar, então, na imagem de Levi.

— Não, vim só dar uma conferida no ambiente e acabei de perceber que está podre — respondo, prestes a recuar ao pensar em um plano B: seguir para outra lanchonete. — Já tô indo.

Solteiro em **PRODUÇÃO** 71

— Espera, Miguel. — Surpreendentemente, é Jaime quem me chama.

— Não fala comigo, seu bosta.

Ele umedece os lábios num gesto tenso.

— Se minha presença aqui vai te incomodar, pode ficar — diz ele, então. — Eu vou pra outro lugar.

—Ah, que atencioso… Nem parece o cara que fez todo mundo no campus passar a me ver como um traidor e manipulador.

Levi faz jus à personalidade barulhenta e apita com uma voz estridente:

— Ei, ei, ei! — diz, reforçando o toque no braço de Jaime. Depois, se aproxima até me segurar também. — Que tal a gente entrar e conversar, hein?

— Conversar o quê? — disparo, furioso. — Me solta, Levi!

— Sério… — fala ele sem qualquer traço de bom humor. É seriedade pura pela primeira vez. — Nós já somos grandinhos o suficiente. A gente precisa conversar sobre algumas coisas, não acham?

— Não acho, não — garanto. — Eu tô falando sério: me solta!

Jaime suspira, livrando-se do toque do amigo em seu braço.

— Relaxa, Levi. Eu não estou com fome mesmo. Podem ficar aí, vou voltar pro campus e pegar uns livros na biblioteca.

Tomara que fique preso lá dentro, babaca.

— Aproveita e dá uma passada no inferno também! — digo assim que ele começa a se afastar.

Levi revira os olhos com impaciência e me puxa pelo braço para que eu o siga lanchonete adentro.

— Ele não fez nada, Miguel. Você está descontando a raiva na pessoa errada.

Bufo em resposta. Como ele tem a pachorra de falar isso?

— Como não fez nada? — questiono, permitindo que ele continue me puxando até uma das mesas desocupadas. — O cara espalhou pra todo mundo que eu tava chifrando ele e que depois o manipulei para que ele pensasse que era louco quando falei que nada daquilo tinha acontecido! E *é* a verdade!

— Não. Ele comentou com um amigo e esse amigo espalhou pra todo mundo. Não foi culpa de Jaime. Você não faria o mesmo que ele fez? Não compartilharia sua angústia com Túlio quando vocês ainda eram próximos?

Reviro os olhos, me recusando a elaborar uma resposta enquanto procuro alguém para nos atender. A primeira pessoa que chama minha atenção é um rapaz alto e forte.

Heitor parece ainda maior fora daquele carro velho.

Os olhos do veterano de Medicina encontram os meus e ele levanta as sobrancelhas em um gesto um pouco surpreso. Em seguida, se aproxima enquanto amarra o avental.

— E aí, Zero-nove — diz ele. Para Levi, oferece apenas um aceno discreto com a cabeça antes de se inclinar para a mesa ao lado e tocar no cardápio deixado no canto. — Posso pegar? — pergunta. Depois da resposta positiva, deixa o menu na minha frente. Heitor volta a olhar para mim e diz: — Vai ser um dos meus primeiros clientes do dia.

— Então é essa a sua lanchonete — digo, inclinando bem a cabeça para conseguir olhá-lo nos olhos. Heitor é muito alto mesmo.

— Não é minha. Só trabalho aqui — repete a mesma explicação do outro dia.

Pego o cardápio, mas continuo olhando para o futuro médico.

— Foi isso que eu quis dizer.

— Lucas também tá aqui. — Ele usa a cabeça para apontar na direção de uma mesa no outro extremo da lanchonete.

Minha atenção segue o caminho indicado e encontro os cachos escuros e os olhos gentis já direcionados a mim.

Com uma olhadela mais atenta, percebo que Lucas não está sozinho. Ele está com uma garota. Não é Valéria, a garota que completa o trio, mas Damiana.

SOLTEIRA em **PRODUÇÃO** 73

Se continuar assim, daqui para o fim do semestre os dois já estarão casados.

Ele acena sem jeito, com o olhar passeando entre mim e a companhia indesejada de Levi.

Sorrio em resposta, sem muito entusiasmo, e volto a olhar para Heitor. Percebo que ele tem olheiras fundas abaixo dos olhos redondos.

— Achei que você só trabalhava à noite — comento.

— Quem me dera.

— Não é muito pesado? — Não sei de onde vem a minha curiosidade, mas não consigo silenciá-la a tempo. Acho que só estou segurando-o aqui para postergar a conversa que Levi insiste em ter. — Cursar Medicina e trabalhar?

— Pior é não ter dinheiro pra dar conta de tudo — responde com naturalidade. — Me chame quando decidirem seus pedidos — diz ele, afastando-se em seguida.

Eu o acompanho com os olhos, constrangido. Não preciso de muito tempo para entender o furo que dei. Quando volto a olhar para Levi, percebo que ele também está constrangido, mas decide não tocar no assunto. Não sei se considero isso sorte ou azar, porque a conversa que ele insiste em ter também me incomoda.

— Miguel, eu sei que os caras da minha turma ainda pegam no seu pé.

— Aquele bando de bosta nunca me deixou em paz.

— Eu já disse que eles têm que parar. Jaime também pediu mais de uma vez, já discutiram feio por isso, mas eles são babacas demais e não ouvem. — A voz de Levi está baixa, contida, tão diferente do usual. — Miguel, cara, eu te conheci antes disso tudo. Você tinha a energia mais gostosa do mundo e eu sei que toda essa confusão te derrubou.

Aperto os lábios e desvio o olhar, incapaz de continuar encarando Levi.

74 RUTH OLIVEIRA

A mágoa começa a escalar dos recônditos da minha alma rumo à minha expressão, e me incomoda demonstrar fragilidade diante de alguém tão próximo ao pivô de tudo que passei.

Ele continua:

— Jaime pode ter duvidado, mas eu nunca acreditei que você traiu mesmo. E sinceramente? A maioria das pessoas nem liga mais para isso, Miguel. Foi só um suposto chifre. Acontece todo dia.

— Fala sério, Levi…

— Eu estou falando sério! Os outros amigos de Jaime ainda te enchem o saco, beleza, mas e todas as outras pessoas do curso que ficaram sabendo? A maioria ou esqueceu, ou parou de se importar!

— Você fala isso porque não passa todos os dias sozinho depois que todo mundo se afastou. — rebato. — Levi, fala de uma vez, o que você quer, na moral?

Ele relaxa os ombros e descansa as costas no encosto da cadeira de plástico.

— Eu quero que você volte a ser aquele cara que se acabava de rir quando eu te chamava de Cachorrão.

— Eu sempre odiei esse apelido.

— Você morria de rir, Miguel.

Expulso o ar para tentar disfarçar a vontade de sorrir. Era engraçado mesmo.

— Deixa eu tentar ser seu amigo de novo, vai — pede, então. — Deixa eu tentar fazer as coisas voltarem pelo menos um pouco mais ao normal.

Quero negar. Quero ser orgulhoso o suficiente para bater no peito e dizer que não preciso de nada disso, que estou bem assim. Mas a verdade é que a solidão me destrói mais que as noites sem dormir.

Essa sensação de que sou indesejado e rejeitado me machuca lá no fundo. É a concretização de todos os meus medos da adolescência, e nem é por causa de quem eu sou, e sim pelo que *acham* que fiz.

E Levi está aqui se propondo a me livrar um pouco mais desse peso. Está se propondo a ser meu amigo mais uma vez.

Então não é uma resposta verbal que faz meu anúncio sincero. É meu silêncio. E, já que quem cala consente, ele logo dá um puta de um tapa na mesa e abre os braços como um vitorioso.

— Isso! — grita para toda a lanchonete ouvir. — Ele vai me dar uma chance!

— Cala a boca, inferno! — peço, me inclinando pela mesa para puxá-lo pela camisa para que ele se contenha. — Vai parecer que é outra coisa!

Isso seria péssimo, de verdade. Imagina só os boatos: "nossa, você viu? Aquele Miguel que chifrou e tentou manipular Jaime agora tá de casinho com o melhor amigo do ex. Ele não presta mesmo!"

— Eu quero sair com você, Cachorrão! — diz Levi, ainda com o sorriso vitorioso.

— Oi?

— É. Não tipo um encontro. Mas que tal irmos à praia amanhã, hein? Relaxar um pouco, aproveitar que os fins de semana no início do semestre ainda são tranquilos… o que me diz?

— Eu digo que você está sonhando alto demais.

Ele dá uma risada, mas sei que isso não significa que vai desistir de me arrastar para fora do dormitório nos próximos dias.

— Que tal uma festa?

Não demora muito para que eu perceba que estou certo.

— Não.

— Cinema?

— Não quero fazer nada no final de semana, Levi. E por que eu iria ao *cinema* com você?

—Ah, entendi. Você prefere ficar juntinho de Túlio no quarto, né?

Jogo a cabeça para trás e passo as mãos pelo rosto.

— Você é insuportável, cara — digo.

A resposta dele é uma risada exagerada.

Arquejo, fingindo irritação enquanto jogo a cabeça para trás. Ao voltar para a posição normal, meu olhar cruza com o de Lucas, lá do outro lado da lanchonete. A expressão dele é atenta, um pouco preocupada.

— Deixa eu ver o cardápio aí — pede Levi, dando uma pausa em sua insistência. Quando começa a avaliar as opções, comenta: — Hoje foi frango seco no restaurante universitário. Comi pouco. Tô morrendo de fome.

— Pelo menos você almoçou.

— Você não?! — Ele me olha por cima do cardápio, ultrajado, antes de estendê-lo de volta para mim. — Vai, escolhe primeiro. Eu pago.

— Você sabe que eu não vou negar a oferta, né?

— Escolhe logo, Cachorrão.

Reviro os olhos, mas a vontade é de rir.

A companhia é muito menos irritante do que tentei me fazer acreditar que era. Ele diverte, apesar de também me fazer acreditar que posso explodir de raiva a qualquer instante. Mas isso ainda é melhor do que quase explodir de susto e confusão quando uma nova mensagem chega em meu celular.

> **Lucas:** me encontra no banheiro.
> rapidinho, por favor.

Passo os olhos sobre as opções e decido rápido:

— Pede um hambúrguer de forno e um guaraná pra mim. — Fico de pé e aponto na direção dos sanitários. — Já volto.

Levi apenas assente e logo sua atenção é voltada a Heitor, chamando-o para fazer o pedido. Aproveito sua distração para seguir ao encontro de Lucas. Ele é o primeiro a chegar no corredor dos banheiros. Assim que o alcanço, encontro-o com a expressão preocupada, que tenta disfarçar com um sorriso frouxo.

— Oi — diz.

— Oi.

Ele fica em silêncio. Eu também. Nós dois estamos claramente desconfortáveis. A última vez que nos vimos foi no meu dormitório, e aquela conversa toda foi esquisita.

— Tá tudo bem? — pergunto, então, tentando afastar o constrangimento. — Por que me chamou aqui?

— Eu queria perguntar…

— Sim…?

Lucas respira fundo e coça a clavícula, depois a nuca, desviando o olhar por alguns instantes antes de focar em mim mais uma vez. Na sequência, traz um questionamento ansioso:

— Aquele cara está te incomodando?

Confesso que sou pego de surpresa.

— Como assim?

— É que você parecia bravo quando entrou, depois continuou muito desconfortável, e ele parecia estar insistindo muito em alguma coisa, até que gritou que você vai dar uma chance para ele, e naquele dia você me disse que não ia dar uma chance pra ninguém, então eu pensei que…

— Ei, calma — peço, incapaz de segurar o riso quando pouso a mão em seu peito, esfregando-o ao dizer: — Respira, Lucas.

Ele olha para minha mão em seu peito, depois para mim, e juro que vejo seu pomo de adão se mover de maneira dramática quando ele engole a saliva.

Dou fim ao toque impensado e percebo que isso apenas deixa Lucas cada vez mais sem jeito.

— Eu só queria saber se tá tudo bem ou se você precisa de ajuda pra se livrar dele — finaliza, ainda nervoso.

Poxa, ele é fofo mesmo.

— Lucas, tá tudo bem — garanto. — Levi é só um amigo. A chance que eu dei foi pra isso. Pra ele ser meu amigo de novo.

— Ah… — Ele suspira, aliviado. — Me desculpa. Não quis criar drama desnecessário.

Meneio a cabeça na intenção de tranquilizá-lo.

É fácil perceber que ele parece querer dizer algo a mais, mas a hesitação vence e o faz desistir. Por fim, tudo o que diz é:

— Vou voltar pra minha mesa.

Ele foi o primeiro a chegar e é o primeiro a sair.

Continuo parado por alguns instantes, lutando contra uma suspeita desconfortável que começa a ganhar espaço em meu peito: a de que Lucas ficou aliviado demais ao descobrir que a chance que dei para Levi foi para sermos amigos. Só amigos.

ETAPA 8
O álcool que faz falar demais

Túlio é o tipo de cara que acredita que ninguém resiste a ele. Que tem a autoestima em dia desde que o conheci. Na verdade, que tem autoestima até demais.

Quero distância de tudo relacionado a ele e de jeito nenhum quero ter alguma semelhança com meu ex-melhor amigo, então vejo como um problema ser alguém tão seguro de si a ponto de achar que as pessoas sempre desejam algo a mais comigo, mesmo quando elas dizem o oposto.

No entanto, não consigo acreditar que Lucas esteja interessado somente na minha amizade.

A incerteza quanto às intenções dele me fez encerrar a sexta-feira com uma nova decisão. Entrei em consenso comigo mesmo e determinei que, assim que ele me enviasse a próxima mensagem, eu responderia dizendo que é melhor mantermos distância um do outro. Mas já é sábado à tarde e ele ainda não me procurou.

Levi, por outro lado, está lotando meu celular de notificações desde cedo, insistindo em me levar para aproveitar a noite.

Também recebi uma mensagem da minha mãe, querendo saber como foi a segunda semana de aulas.

A minha sexualidade é o maior segredo que guardo da minha família, mas não é o único. Nunca tive coragem de contar para ela nem para o meu pai o fiasco que é a minha vida social em Trindade. Eles ainda acreditam que sou feliz aqui. E alimentei a ilusão deles dizendo que está tudo ótimo.

Dezenove mensagens de Levi, uma da minha mãe, zero de Lucas.

Talvez seja melhor assim. Não estou particularmente animado com a ideia de dizer "oi, sei que você falou que quer ser só meu amigo, mas acho que você quer algo a mais mesmo que já esteja saindo com alguém, e por isso é melhor a gente ficar distante um do outro".

Nunca pensei que rejeitaria alguém tão bonito e tão gentil quanto Lucas Marconi, mas aceitar a possibilidade do interesse de qualquer pessoa em mim é o primeiro passo rumo ao caminho que jurei evitar pelo resto da vida. A ideia de solidão eterna — ou enquanto durar a faculdade, pelo menos — pode soar exagerada. Talvez seja. Mas não estou pronto para me envolver com mais ninguém por um bom tempo.

E não é só o romance que está banido da minha vida. Beijos, carinhos e sexo também estão barrados, porque quem me garante que vou conseguir manter tudo casual? Não vou correr o risco por ninguém. Quanto a isso estou seguro, mas sei que posso estar errado sobre uma coisa. E se Lucas realmente só quiser retomar a amizade de onde paramos? Se o cenário for esse, dar um fora nele vai ser um mico terrível.

Então o melhor é que ele não me procure. É mais fácil e menos constrangedor assim.

Levi é um desgraçado insistente.

As dezenove mensagens de antes se multiplicaram até que ele conseguiu me tirar do dormitório. Acho que foi melhor assim, ou eu passaria a noite de sábado chafurdando em devaneios repetitivos sobre meus relacionamentos passados, sobre a amizade perdida com Lucas e sobre as intenções dele comigo.

Agora estou em mais uma calourada. Acho que é de Psicologia.

Levi ama festas. Ama barulho, aglomerações, álcool, danças caóticas.

Ele é o perfeito estereótipo apresentado nos filmes de besteirol universitário — que descobri estarem completamente enganados. A maioria dos universitários não tem todo aquele pique para festa. Nem dinheiro para bancar aquela quantidade de álcool — a não ser que o álcool em questão seja de procedência muito questionável. Além disso, quanto mais próximo do fim do semestre, menos energia o campus tem.

Mas ainda é início do ano, o verão nos recepcionou com uma energia gostosa e ninguém tem muita matéria acumulada. Fevereiro é o auge da vida social em Trindade.

— Bom demais, não é, Cachorrão? — pergunta Levi, dançando ao meu lado.

Olho de soslaio para ele e cubro um sorriso teimoso com meu copo de gin e tônica. Levi é um cara bonito com esses cabelos escuros, a pele clara e os olhos castanhos e grandes. Dentre tantas outras qualidades, também é inquestionavelmente carismático e comunicativo, mas dançar bem não está nessa lista de virtudes.

Ele é desengonçado, sem ritmo e um pouco duro, mas a falta de habilidade não inibe sua empolgação. A dança é, além de feia, exagerada. Tomo mais uma golada generosa da minha bebida ruim. A intenção é ficar bêbado o suficiente para não me importar mais com os eventuais olhares que ele atrai na nossa direção.

Apesar disso, estar aqui é menos desconfortável do que acreditei que seria. Pelo visto, a galera da Psicologia não teve acesso aos boatos sobre mim, ou simplesmente não se importam com eles. Para melhorar, as filas do bar são rápidas, a música está alta e o astral está lá em cima.

Dou uma olhada ao redor. O local reservado para a calourada de Psicologia é uma boate com paredes escuras e luzes coloridas. O ar-condicionado parece ralar muito para amenizar o calor, mas a quantidade de gente enfurnada aqui faz os esforços serem em vão.

Seco uma gota de suor que começa a escorrer do meu couro cabeludo quando sinto a mão de alguém apertar meu ombro em um gesto brusco. Olho para Levi, confuso, e encontro meu amigo mirando a nossa direita enquanto mantém a mão firme em mim. A expressão dele é de surpresa, também de encanto, e entendo rápido a causa: mulher bonita.

Sigo o rastro do seu olhar em busca de quem provocou essa reação. A primeira garota que chama a minha atenção está com os braços apoiados no balcão do bar, à espera de uma bebida. O cabelo chanel ondulado e escuro esconde parte do rosto, mas as mechas platinadas são familiares demais. É Valéria.

Me inclino para dizer em seu ouvido:

— Vai lá falar com ela.

— Gata demais, né?

Levi tem essa mania de usar "gato" e "gata" como elogio. Eu sempre achei cafona além da conta, por isso ele começou a me chamar de Cachorrão. Como se fosse mesmo uma opção melhor.

— Ela é linda — corrijo.— Vai lá.

— Viajou? Não vou te deixar sozinho aqui, não. Gata nenhuma me faz largar meus amigos assim.

— Pelo amor de Deus, Levi. Eu sobrevivo. Vai logo.

Ele se vira para mim, apontando o dedo em minha cara quando começa a cantar a música, usando sua lata de cerveja como microfone. Está deliberadamente ignorando minha ordem.

SOLTEIRO EM PRODUÇÃO 83

— Ei! — reclama em tom agudo quando seguro seu indicador e dou uma torcidinha nele.

— Vai logo. Vou ficar bravo se você não for só por minha causa.

— Pois fique bravo a noite toda. — Ele puxa a mão, agitando-a com uma careta. — Não largo amigo meu. Nem os que torcem meus dedos.

Reviro os olhos, mas no fundo me sinto grato por sua decisão. Me faz sentir que somos mesmo amigos. Depois dos últimos acontecimentos, essa sensação se tornou estranha, mas nunca indesejada.

— Vai, dança também, Cachorrão! — ordena Levi, chacoalhando os ombros para mim.

Mais uma vez, tento esconder minha risada ao levar mais um gole de gin e tônica aos lábios. Ainda não estou confortável para me soltar como ele se soltou, então volto a passear com os olhos pelo espaço ao redor. Encontro Valéria mais uma vez. Ela está saindo do bar, e acompanho seus passos até que ela para perto de outra pessoa familiar.

Valéria estende uma das duas bebidas para Heitor e, antes que eu consiga impedir o impulso, procuro também o rosto de Lucas. Sinto um pouco de alívio quando percebo que ele não parece estar junto dos amigos. Não estou no clima para honrar minha decisão de dar um fora nele.

Volto então a olhar para Levi. Ele ainda está dançando, mas os olhos continuam apontando na direção de Valéria. Viro o restante da bebida, arremesso o copo na lixeira e decido ajudar meu amigo. Acho que ele merece.

— Vem — digo, puxando-o pelo braço.

Sei que ele questiona algo, mas soa ininteligível enquanto vou nos guiando pelo aglomerado de corpos. Paramos de andar somente quando chegamos ao canto onde Valéria e Heitor estão. Ela sorri para mim assim que me reconhece e ele levanta as sobrancelhas em um cumprimento mudo.

— E aí? — digo, elevando o tom da voz para que consigam me ouvir. E não perco tempo: — Esse aqui é Levi.

Quando olho para o meu amigo, percebo que ele está com os olhos arregalados. Levi não costuma ter receio de se aproximar das garotas por quem se interessa, mas sei que ele foi pego de surpresa pela minha atitude.

— Levi — continuo. — Esses são Heitor e Valéria.

— Oi — diz ele, mas tão baixinho que só eu escuto. Depois, pergunta só para mim: — Você conhece ela?

Assinto com a cabeça. Pouco a pouco, um sorriso se abre no rosto dele e, passado o espanto inicial, recupera seu comportamento padrão.

— Vocês são calouros de Psicologia? — questiona, exalando o carisma característico.

— Biologia. — Valéria aponta para si mesma. Depois, aponta para Heitor: — Veterano de Medicina. E você?

— Engenharia de Produção. Sou veterano do Cachorrão… — Ele percebe meu olhar fuzilando-o e corrige rápido: — Do Miguel.

Mas é tarde demais. Heitor e Valéria lutam contra a vontade de rir.

— Cachorrão? — repete o futuro médico.

— Longa história — minto. A história é curtíssima. Antes que me dê conta, pergunto: — Lucas não está com vocês?

Heitor balança a cabeça em negativa.

— Ele passou o dia na praia comigo e cansou. Preferiu ficar no dormitório agora à noite — explica Valéria. Há uma pausa. Ela olha para o amigo por um instante, depois volta a pousar os olhos castanhos em mim. — Mas se você chamar, tenho certeza de que ele vem…

— Não. Daqui a pouco vou embora também.

—A gente chegou quase agora… — diz Levi, e a minha vontade é de dar uma cotovelada para que ele se cale. Em vez disso, só direciono um olhar irritado na direção do meu amigo. Se estava pensando em dizer mais alguma coisa, pelo menos desistiu.

— Vem cá… — Valéria se aproxima um pouco mais. A voz continua alta para vencer a barreira da música, mas a postura é de quem está prestes a compartilhar um segredo. — É impressão minha ou você tem algum problema com Lucas?

A pergunta me pega desprevenido, e o desconforto me alcança quando percebo que Heitor e Valéria não são os únicos à espera de uma resposta. Até Levi parece curioso, e ele nem conhece Lucas. É só um fofoqueiro mesmo.

— Quem é Lucas? — pergunta ele, então, para confirmar o que eu já sabia. Ao olhar para Heitor, a pergunta passa a ser outra: — Lá na lanchonete… você falou de um Lucas, não falou? É o mesmo Lucas?

— É o mesmo Lucas — respondo, desconfortável. — É um amigo virtual que tive um tempo atrás. Agora ele está estudando aqui também.

— Isso é muito massa! — Levi é enfático.

— Também acho que deveria ser… — concorda Valéria. Ela continua atenta, esperando por uma resposta. — E pra você, Miguel? É algo bom ou não?

Desvio o olhar, porque não sei como colocar em palavras tudo que me impede de ficar empolgado com a proximidade com Lucas. Depois de muito buscar e não encontrar algo capaz de me poupar dessa conversa, eu me viro para Levi e pego a latinha de cerveja da mão dele. Bebo tudo de uma só vez. O último gole é seguido por uma careta. Não basta a cerveja ser de uma marca ruim, Levi ainda a deixou ficar quente.

— Não dá pra conversar com a música tão alta — digo, tentando me livrar da expectativa deles.

— A gente pode ir lá no fumódromo — sugere Levi.

— Odeio cheiro de cigarro — rebato.

Isso pelo menos é verdade.

— Lá pra fora então. — É a vez de Valéria. — Não quero ser insistente, mas eu fiquei pensando... Quando Lucas falou de você na outra calourada, deu pra perceber o carinho dele pela amizade que vocês tinham. Ele também não pensou duas vezes antes de ir te resgatar na biblioteca. Mas...

— Parece meio unilateral — conclui Heitor. — A gente tava conversando sobre isso, Valéria e eu. Eu queria começar a falar mal de você pra Lucas se tocar e desistir de tentar se aproximar, mas ela acha que é precipitado.

Levi dá uma risada. Eu, por outro lado, não consigo ver graça nenhuma. Valéria e Heitor também não.

— Mas ele meio que já desistiu de se aproximar, sim — revela Valéria. — Hoje cedo ele comentou que não quer forçar a barra. E acho que eu não deveria estar te contando, mas Lucas tem razão. Ele já deixou claro que quer ser seu amigo, então agora tá nas suas mãos.

Por um instante, ninguém diz nada. A música alta é a única coisa que alcança nossos ouvidos até que Heitor pergunta:

— Você quer continuar falando disso ou não?

Não quero, mas, ao mesmo tempo... Quero me explicar mesmo que seja difícil, mesmo que seja desconfortável. Ouvir o que eles têm a dizer me faz perceber que não é essa a imagem que quero passar. Quero barrar qualquer possibilidade de alimentar um possível interesse de Lucas por mim, mas não quero magoá-lo.

De repente, percebo que eles podem me ajudar. Decido responder com a verdade, então.

— Eu só preciso de mais uma bebida antes.

Heitor é o primeiro a reagir, apontando para o bar. Viro as costas para eles e lidero o caminho.

Na fila, permaneço em silêncio. As primeiras palavras que digo são para o bartender — que, na verdade, deve ser um dos veteranos de Psicologia, já que o drinque mais complexo da noite é uma mistura imprecisa de vodca, xarope e soda. Peço outra gin e tônica, mais forte dessa vez.

Com o copo em mãos, volto a abrir caminho pela festa. Desta vez, em direção às portas de saída.

Paro de caminhar apenas quando já estamos na calçada. A música chega abafada até o lado de fora, e percebo que eu precisava disso. Me sento no meio-fio, seguido por Valéria e Levi, que se sentam cada um de um lado enquanto Heitor se posiciona de pé à nossa frente. Dou uma sequência de três goles na minha nova bebida, buscando, sem sucesso, a dose de coragem que me falta.

— Vocês já sabem que têm uns boatos sobre mim por aí, né? — pergunto mesmo assim.

Percebo o olhar atento de Levi. Sei que ele não esperava me ouvir tocar nesse assunto.

— Acho que você já comentou — responde Heitor. Não deixo passar despercebido o seu tom de implicância. Ele toma um pouco da própria bebida, e o imito antes de continuar.

— Esses boatos e tudo o que aconteceu depois deles meio que ferraram minha experiência universitária. Mudei muito em relação a quem eu era quando Lucas era meu amigo.

Eles continuam em silêncio, apenas ouvindo, e tomo isso como um aval para prosseguir.

— Sei que eu não sou mais uma pessoa agradável. Deve ser um mecanismo de defesa… ou eu só me transformei em um babaca mesmo. Não sei. Mas o meu comportamento com Lucas não é pessoal, é só… Sei lá quem eu sou agora.

Percebo a falha na minha confissão, então me corrijo.

— Quer dizer, em parte é isso. Mas tem algo a mais… — Hesito, constrangido com a possibilidade de verbalizar as coisas que mantive apenas em minha cabeça até então.

— Pode falar — incentiva Valéria. O tom dela é paciente o bastante para que eu me permita mais alguns segundos de hesitação.

Depois de mais uma golada generosa, olho para os meus tênis encardidos e dou um suspiro.

— Eu fiquei com a impressão de que ele não quer só a minha amizade, de que está interessado por mim. E, meu Deus, ele é lindo. — Fecho os olhos, porque essa é uma verdade que me atormenta um pouco. Lucas é tão lindo que chega a representar um risco às decisões que tomei para a minha vida. — Lucas é lindo, e em outro tempo eu com certeza amaria se ele quisesse algo a mais comigo. Mas agora... Agora é diferente. Tudo o que aconteceu ano passado me mudou de verdade. Eu não tenho mais interesse nenhum em nada disso, com ninguém. E é por isso que... — Não completo a frase, apenas deixo que a conclusão óbvia paire no ar.

Ninguém diz nada de imediato. Os três, até mesmo Levi, parecem precisar de alguns segundos para absorver tudo o que falei. Até eu preciso. Porque, assim que a última palavra escapa da minha garganta, percebo que acabei de falar tudo isso para os amigos de Lucas.

— Eu não quero que ele saiba que conversei com vocês sobre isso. Também não quero ele tire conclusões erradas, mas... Se vocês puderem manter isso entre nós, eu agradeço — peço, ainda que não acredite muito na possibilidade.

Heitor se agacha na minha frente e apoia os braços nas pernas. Sua expressão é pensativa.

— Vai ficar só entre a gente — promete. Ele faz uma pausa. — Você não quer falar sobre os boatos?

— É um assunto complicado — diz Levi, e percebo que é com a intenção de me poupar.

— Acho que eu que entendo o motivo do Heitor ter perguntado. É claro que a gente fica curioso, mas... isso tudo que você acabou de falar, Miguel, parece que era algo que você precisava colocar pra fora. Então, se você também precisar falar sobre os boatos, nós vamos ouvir — contrapõe Valéria.

SOLTEIRO EM PRODUÇÃO **89**

Por um instante, penso em abrir o coração, porque ela está certa. Uma parte de mim precisava desabafar aquilo tudo. Talvez precise dizer que namorei o veterano mais popular da Engenharia de Produção. Talvez precise dizer que meu melhor amigo enviou uma mensagem muito indecente para alguém pelo *meu* celular e que por isso eu fui acusado de trair o meu namorado.

Talvez precise dizer que me expliquei, que disse que a mensagem foi enviada do meu número, mas que tinha sido digitada por Túlio. Talvez precise dizer que esse suposto melhor amigo negou tudo em vez de falar a verdade. Talvez eu precise desabafar que foi horrível ser chamado de manipulador, mentiroso e tantos outros adjetivos negativos que correram pelo campus. Talvez eu precise confessar que nunca entendi por que ele fez isso comigo.

E talvez precise expressar o quanto me enfurece que todos que souberam dessa história tenham ficado do lado do meu ex--namorado. Afinal, todo o contexto me fazia parecer o vilão, e Jaime é querido por todo mundo, então, naturalmente, as dores dele foram sentidas por uma vastidão de pessoas.

As minhas sempre foram só minhas mesmo, e me machucaram ainda mais quando eu me vi sendo rechaçado até por quem não me conhecia. Quando percebi que, depois de tanto esperar pela chegada da minha vida em Trindade, ela estava sendo tão ruim quanto a minha vida escondendo uma parte de mim na Barra dos Coqueiros tinha sido. Talvez eu precise falar que tenho medo de nunca poder ser feliz vivendo todas as partes de mim.

É, talvez eu precise falar. Mas não consigo.

— Não quero falar sobre isso agora.

Heitor e Valéria apenas assentem, compreensivos, e Levi me oferece um sorriso cúmplice enquanto dá tapas leves nas minhas costas. Sem perceber, sorrio de volta para ele. É um sorriso de agradecimento não só pelo apoio que demonstra agora, mas por ter sido o único que se preocupou em ouvir o meu lado desde o início.

Ainda bem que, apesar das minhas mágoas e da minha teimosia, eu aceitei ter sua amizade de volta.

De repente, Valéria volta a falar.

— Então, sobre Lucas... Eu não sei se ele quer algo além da sua amizade. Não sei mesmo. E se soubesse, não te contaria. Sei que já falei demais, mas algo assim seria fora de cogitação. — Ela faz uma pausa, prendendo o cabelo atrás da orelha. Seus olhos se firmam nos meus, e percebo a seriedade apesar da gentileza em seu tom: — Mas eu entendo o seu lado. Entendo mesmo.

É estranho receber a compreensão de alguém. E um pouco libertador.

— Obrigado, Valéria — digo. O sorriso de agradecimento que ofereci para Levi agora é oferecido para ela, que sorri de volta para mim. Fica ainda mais bonita sorrindo.

Mais uma vez, ficamos todos em silêncio. Parece que ninguém tem mais nada a dizer. E, de alguma forma, isso é confortável.

De repente, uma rajada um pouco mais forte de vento atravessa a rua de uma extremidade à outra, e todos nós suspiramos de alívio em uma sinfonia desastrada. A boate fica longe da orla e, consequentemente, longe do frescor da praia.

— Sei que lá dentro tá cheio, barulhento e o ar-condicionado não é lá grandes coisas, mas... — diz Valéria em tom de sugestão.

— É — concordo. Sou o primeiro a ficar de pé. — Vamos voltar.

Levi se levanta logo em seguida e não perde mais tempo. Ele estende a mão para ajudar Valéria a se levantar também.

— Gostei da sua pulseira — diz ele assim que ela aceita a oferta silenciosa.

A garota olha para o próprio punho, depois volta a olhar para o meu amigo.

— Qual delas?

— A que tem as cores da bandeira trans.

— Ah... — Ela olha mais uma vez para as pulseiras e desliza o polegar pelas miçangas. — Foi uma amiga da minha cidade quem fez e me deu quando eu me entendi como uma mulher trans. — Valéria exibe um sorriso no qual falta entusiasmo e continua quase em uma reflexão para si mesma: — Pena que só pude começar a usar quando cheguei aqui em Trindade.

Penso em algo para dizer, em perguntas para fazer sem soar invasivo, em maneiras de confortá-la ao compartilhar que também precisei viver em segredo antes de vir para cá. Que eu entendo. Talvez Levi esteja pensando em confortá-la também. No entanto, ao olhar para cima mais uma vez, percebo no brilho das íris castanhas dela que não é o momento.

Heitor passa um dos braços largos como um tronco ao redor do ombro de Valéria. Ela sorri para o amigo.

— Trindade é o refúgio de muita gente — fala.

Entendo o que ela quer dizer e fico genuinamente feliz que se sinta segura aqui.

— O ar-condicionado e as bebidas ruins nos esperam. Vamos? — propõe Levi.

Valéria e Heitor parecem gostar da escolha de palavras do meu amigo e, desta vez, são eles que lideram o caminho. Vou logo atrás com Levi.

Assim que abrimos as portas, somos envolvidos mais uma vez pela música alta. Valéria se deixa levar pelo ritmo agitado, e Levi sorri enquanto a observa por alguns segundos. Logo em seguida, volta a dançar do mesmo jeito desastrado de antes.

Troco um olhar com Heitor e acabo caindo na risada quando ele meneia a cabeça, negando a possibilidade de dançar. Eu faria o mesmo que ele, mas me sinto mais disposto do que estava quando cheguei.

Viro o restante do copo e fico com a sensação de que a noite está apenas começando.

ETAPA 9
O destino que não estava nos planos

A noite se alongou pela madrugada. Os copos vieram cheios e voltaram vazios, as vozes ficaram mais altas, as risadas ganharam mais frequência, as danças ficaram propositalmente mais esquisitas. Enquanto isso, eu me embriagava não só pelo álcool, mas pela sensação de, por uma noite, ser apenas um cara comum que ainda sabe se divertir.

— Cachorrão! — grita Levi em meu ouvido quando saímos da calourada pendurados um no outro às três da manhã. Ele fede a cerveja e sua voz oscila em três tons diferentes ao dizer: — Eu tô muito feliz, Cachorrão!

— Você tá é muito fedorento, isso sim! — rebato, explodindo numa risada.

— Você merece muito se divertir assim, Miguel — declara ele, gargalhando junto comigo até que o riso perde força; seu corpo, também. Ele cai sentado na calçada e faz a maior cara e voz de choro: — Eu fico muito triste quando te vejo disfarçando a tristeza com raiva, Cachorrão…

Tento ter mais cuidado que ele ao me sentar ao seu lado. Até me seguro em um apoio imaginário que falha e faz eu me estatelar no chão junto a um grunhido que logo é encoberto por novas risadas embriagadas.

— Chama logo um carro — digo. — Ou eu sou capaz de dormir aqui nessa calçada suja...

— Tá! — concorda ele. Acho que tenta ser eficiente ao chamar o carro para nos levar de volta aos nossos respectivos dormitórios, mas se atrapalha selecionando as opções. — Qual é o seu dormitório mesmo? Zero-dois, né?

Olho para ele e caio na risada mais uma vez. Meu próprio riso frouxo está começando a me irritar, mas isso só me faz gargalhar ainda mais.

— Deve ser — respondo, quase sem ar.

— Estamos no mesmo dormitório! — comemora. Em seguida, reflete: — Estamos no mesmo dormitório e não viemos juntos pra calourada?

Enquanto seu questionamento assenta em minha mente, Levi dá de ombros e entra em uma nova disputa com o aplicativo até que, de repente, começa a procurar algo ao nosso redor. Seus olhos estão duas vezes maiores, evidenciando um espanto que eu não entendo.

— O que foi? — pergunto, alarmado.

Quase não acredito no que ele responde:

— Valéria e Heitor não estão aqui. Cadê eles?!

Não acredito que caio na risada mais uma vez. Uma gargalhada tão intensa que me impede de falar por um minuto inteiro enquanto balanço meu corpo para os lados e apoio as mãos na barriga.

— Do que você tá rindo, Cachorrão? — O desespero dele é como combustível para meu divertimento.

— Valéria e Heitor foram embora há mais de hora! Não lembra que até se despediram da gente?!

SOLTEIRO EM PRODUÇÃO **95**

Ele precisa de alguns instantes para processar a informação antes de deixar um risinho frouxo e constrangido escapar.

— Ah, foi mesmo…

Eu me concentro para dar fim às gargalhadas enquanto ele volta ao aplicativo para chamar um carro que nos leve para o dormitório.

É possível até que ele tenha colocado o destino como outra cidade. Antes que eu me divirta com a ideia, uma onda de enjoo invade meu corpo.

Ops.

Não me lembro da última vez que bebi desse jeito. Acho que perdi a noção dos meus limites. Menos de um segundo depois dessa conclusão, sinto ainda mais ânsia, e preciso lutar contra ela enquanto todo o resto, inclusive a voz de Levi, fica em segundo plano.

Quando o carro finalmente chega, juro a mim mesmo que nunca mais vou beber na vida.

— Boa noite ou bom dia! — cumprimenta Levi enquanto nos arrastamos para dentro do carro e despencamos no banco de trás. — Eu nunca sei o que dizer a essa hora. Mas oi! Boa tarde!

— Bom dia. — responde o motorista, que por sorte mantém o bom humor mesmo com dois caras terrivelmente bêbados como passageiros. — Saibam que, se vomitarem aqui dentro, a multa vai chegar pelo aplicativo, viu?

— Melhor abrir a janela… — Me arrasto ainda mais pelo assento para ficar com o corpo grudado à porta e girar a manivela até o fim, uma tarefa complicada para alguém tão embriagado.

Pelo menos essa não se solta como a do carro velho de Heitor.

— Não vamos vomitar! — garante Levi enquanto eu quase me penduro na janela com medo de fazer o que ele está dizendo que não vamos fazer.

— Ótimo — responde o motorista. — Agora coloquem o cinto.

Levi segue a ordem de imediato e, quando finaliza a batalha, me dá um tapa para que eu faça o mesmo.

— Cara... você é o motorista mais gato que eu já vi! — diz Levi, como se não tivesse acabado de me agredir gratuitamente.

— Aposto que você diz isso para todos os motoristas.

— Não! Juro! Você é muito gato!

O motorista ri, dirigindo com cuidado pelas ruas vazias.

— Vocês estudam na Estadual de Trindade, não é? — pergunta. — O GPS está me mandando para um dos dormitórios. Eu também sou estudante.

— Sério?! — Levi esboça surpresa, mas não sei por quê.

Estamos em uma cidade em que tudo gira em torno da universidade e em que a maioria da população é de estudantes. Estatisticamente, é muito provável que qualquer pessoa aqui seja aluna da Estadual de Trindade.

— Estou fazendo bico como motorista de aplicativo pra pagar uma viagem de formatura — revela o sujeito. — Era isso ou vender o carro.

Levi choraminga ao meu lado.

— Eu também quero me formar...

— Eu só quero chegar...

Nós dois trombamos para o lado de fora quando o carro para em frente do dormitório zero-dois. Levi se curva um pouco para se despedir do motorista pela janela. Eu até gostaria de fazer o mesmo se não estivesse lutando tão bravamente contra a vontade de colocar tudo para fora.

— Segurem a onda da próxima vez! — diz o bonitão.

— Você também! — grita Levi em resposta. — Cara gente boa... — constata, observando o Kwid branco seguir seu caminho. — E gato mesmo... queria ser gato assim.

— Você é bonito, Levi — digo, incomodado. Ser bonito é quase um traço de personalidade dele.

SOLTEIRO EM PRODUÇÃO 97

— Você também é um gato, Cachorrão — declara, enlaçando o braço ao meu enquanto me puxa para dentro do dormitório. O foco dele, no entanto, é outro assunto: — Você acha que eu tenho chance com Valéria?

— Deve ter. — Apesar de termos vivido a noite como velhos amigos, não a conheço bem para afirmar nada categoricamente.

— Você me ajuda? — pede, esperançoso, enquanto subimos as escadas.

Em vez de responder, eu me pergunto quanto bebi para não reconhecer nada ao redor.

Levi para diante de uma das portas. A mão está na maçaneta, os olhos pousam em mim, à espera da resposta, mas seu pedido se perde em algum lugar da minha mente quando entendo por que tudo parece tão estranho.

— Levi… esse não é meu dormitório…

— Claro que é! É o zero-dois! — responde ele.

Zero-dois.

Zero-dois.

Puta merda.

Uma nova sequência de números invade meu juízo embriagado.

— Zero-nove… Meu dormitório desse ano é o zero-nove…

— Tá falando sério?!

— É claro que eu tô falando sério, Levi! — Tento controlar o tom de voz, mas não sei se tenho muito sucesso na missão. — Não acredito que isso tá acontecendo comigo! Eu só queria deitar.

Meu lamento dramático me faz recuar com um passo embriagado, mas me embaralho com minhas próprias pernas e tombo para trás. Minhas costas batem na porta do quarto à frente do de Levi e escorrego por ela até cair sentado no chão cinza e gelado.

— Shh! Silêncio! — pede Levi diante do estrondo, mas nossas risadas acabam sendo ainda mais altas enquanto ele aperta uma perna contra a outra. — Eu vou me mijar! Não me faz rir!

É então que caio na gargalhada e, sem dignidade alguma, me seguro na maçaneta da porta para tentar ficar de pé, mas o negócio gira sob a palma da minha mão e volto a desmontar no chão.

Minha barriga dói de tanta risada, mas então a maçaneta gira mais uma vez e sinto que é bem capaz de eu começar a chorar. Porque, dessa vez, é alguém de dentro do quarto abrindo a porta.

Arrasto a bunda pelo chão do corredor até me afastar e evitar ser confrontado por alguém furioso com o barulho.

Quando a porta enfim se abre, me deparo com outra coisa. Um rosto lindo e sonolento.

— Mika?

— Lucas? — murmuro, vendo-o duplicado por conta de todo o álcool, e acabo sorrindo quando percebo: beleza em dobro.

Lucas olha para mim por mais um instante, depois para Levi, que também está no chão. Acho que caiu enquanto se divertia às minhas custas.

— Acho que mijei. — Ele faz o favor de avisar.

— Meu Deus... — A voz é familiar, mas não é de Levi nem de Lucas.

Ergo o olhar, curioso, e vejo um corpo do tamanho de uma montanha parado atrás de Lucas, ainda dentro do quarto.

É Heitor.

— O que aconteceu aqui? — pergunta ele.

Apesar de ter bebido por apenas uma hora a menos, ele parece perfeitamente sóbrio.

— Parece que beberam demais — explica Lucas, coçando a nuca em um gesto desconfortável. — E esse aqui fez xixi nas calças, eu acho.

Heitor passa as mãos pelo rosto amassado de sono antes de afastar Lucas do caminho. Em seguida, se abaixa diante do meu cúmplice, que eu acho que acabou dormindo ali mesmo. Depois, ele procura a chave da porta no bolso de Levi.

— O quarto dele é esse aqui? — pergunta Heitor. Silêncio. Ele dá dois tapinhas no meu joelho e, com os olhos nos meus, pergunta mais uma vez: — O quarto dele é esse aqui?

— É... — confirmo. Acho um pouco estranho. — Vocês são vizinhos e não se conhecem?

— Não tenho tempo pra conhecer meus vizinhos de dormitório — responde Heitor enquanto abre a porta. Então, olha para Lucas. — Cuida de Miguel — diz, puxando Levi para dentro do quarto. — Eu dou um jeito nesse aqui.

Lucas balança a cabeça em uma concordância discreta. Ele se agacha em minha frente, todo cuidadoso.

— Você está bem, Mika?

Sorrio em contraste com a resposta.

— Não tô bem, não...

— Vem. — Ele ri baixinho, tocando meu braço com cuidado. — Eu te ajudo a entrar. Você pode dormir na minha cama.

— Não! — nego, mas só com a voz. Meu corpo vai fácil quando ele me carrega no colo e deito minha cabeça em seu peito antes de anunciar: — A gente precisa conversar!

— Nós podemos conversar depois — diz, deixando meu corpo sentado em sua cadeira de estudos antes de se abaixar para tirar meus sapatos. — Consegue tomar banho sozinho?

— Você tem banheiro no quarto?

— Sim...

— Que injusto! Eu nunca fiquei em um dormitório com banheiro no quarto! Sempre tenho que dividir com um monte de marmanjo!

— Seu dormitório é climatizado, pelo menos. Esse aqui é bem quente. — Lucas mantém a calma mesmo lidando com um bêbado inesperado às três da madrugada. Ele repete a pergunta: — Consegue tomar banho?

— Acho que não.

— Tudo bem. Vou só colocar uma roupa limpa em você e lavar seu rosto, tá?

— Você vai me ver pelado, Lucas Marconi do casacão amarelo?

Ele sorri sem dizer nada. Talvez porque saiba que não vale a pena discutir. Ele segue até seu armário e pega algumas peças de roupa. Antes de voltar, Lucas apaga a luz do quarto.

— Pronto. Está escuro. Posso te ajudar a se trocar?

Respiro fundo, desejando dizer em voz alta o quanto ele é fofo. No entanto, tudo o que sai é um sim arrastado. Lucas me ajuda a tirar a blusa e a calça antes de me vestir, sem se demorar mais do que o necessário e sem me tocar além do que deveria.

Quando estou vestido, ele me ajuda a ficar de pé mais uma vez.

— Vem. Vamos só passar uma água no seu rosto.

Me levanto, tropeçando aqui e ali, mas impedido de voltar ao chão pelo toque de Lucas.

— Pode se curvar um pouco? — pede quando paramos na frente da pia do seu banheiro privativo. Ele acende a luz.— Pra não molhar sua roupa.

Eu me abaixo tanto quanto consigo, sentindo a mão de Lucas enxaguar meu rosto e pescoço, esfregando-os com cuidado para tirar o suor.

Depois, ele me dá um pouco de enxaguante bucal e me ajuda a seguir para a cama do lado esquerdo do quarto, mas deixa a luz do banheiro ainda acesa.

— Pode deitar. Está com muito calor?

Nego com a cabeça enquanto me acomodo sobre o travesseiro. Ele puxa o lençol para cobrir as minhas pernas e logo em seguida se afasta, sentando na cadeira que ocupei antes. Então, caímos em um silêncio que certamente me incomodaria mais caso eu estivesse sóbrio.

Mesmo deitado, parado, o mundo parece girar. Odeio essa sensação. E odeio mais ainda a certeza da ressaca que vai me acompanhar assim que eu acordar.

Não sei quanto tempo se passa até que a porta do quarto é aberta, anunciando o retorno de Heitor.

— Aqui, Miguel — diz quando se aproxima de mim e oferece uma garrafa de água. — É melhor você se hidratar.

— Obrigado... — digo.

Todo aquele riso frouxo já foi embora, restando somente mal-estar e sono.

— Tudo bem se ele dormir aqui? — pergunta Lucas.

— Não dá nada. É melhor mesmo. Você sabe onde eu deixo meus remédios. Pode pegar se ele precisar de algum quando acordar e eu não estiver aqui.

— Obrigado, Heitor — diz Lucas. — Vamos tentar não te incomodar.

Heitor faz um gesto de deixa para lá com a mão e boceja ao se sentar na cama.

— Me acordem se precisarem de alguma coisa.

O veterano de Medicina se deita, junto com um segundo bocejo, e o quarto recai em silêncio mais uma vez até que Lucas se levanta, se aproxima e pega a garrafa que está quase caindo da minha mão. Ele rompe o lacre antes de estendê-la de volta para mim.

— Bebe um pouco — diz em um sussurro. — Você ouviu Heitor, Mika. Ele é quase médico.

— Ainda falta muito chão, Lucas — responde o quase médico do outro lado do quarto.

Esboço um sorrisinho quando Lucas dá uma risada. A risada dele é adorável.

Mesmo sem muita vontade, tomo metade da garrafa de uma só vez.

— Isso — diz Lucas, usando a mão surpreendentemente cuidadosa para secar a água que escorre por meu queixo. — Pode dormir agora.

— Ei... — Seguro seu punho quando ele faz menção de se afastar.

— Sim?

Lucas é uma pessoa adorável. Encantadora mesmo. E fica ainda mais encantador com o cuidado que permeia cada toque inocente e sonolento sob a luz do banheiro que invade o quarto.

— Sua roupa de dormir não é amarela — comento.

— Quê?

— Você parece gostar muito de amarelo. Mas sua roupa de dormir não é amarela.

— Ah. — O sorriso dele é gentil apesar da aleatoriedade do comentário. — É verdade. Acho que vou providenciar uma.

Assinto, desejando que providencie mesmo. Ele merece dormir abraçado pela cor de que mais gosta.

— Lucas? — chamo novamente ao perceber que ele não tenta se deitar comigo na cama. — Onde você vai dormir?

— No chão — responde, usando os dedos para afastar os fios castanhos da minha testa. Quando percebe minha expressão consternada, ele ri, acariciando o topo da minha cabeça em um afago manso. — Não é tão desconfortável pra mim. Não se preocupe.

Minhas piscadas vão ficando cada vez mais demoradas e preguiçosas enquanto o mundo ainda gira rápido demais, e a sensação é de que vou apagar a qualquer instante, mas queria continuar acordado por mais algum tempo só para sentir suas carícias.

Não sou tocado há tanto tempo que isso já é o suficiente para me desestabilizar. Que vergonha.

— Você é a pessoa mais gentil que eu já conheci... — confesso enquanto me derreto por seu toque.

— Sou?

SOLTEIRO EM PRODUÇÃO 103

— Você é... Já era gentil virtualmente, mas cara a cara... — Eu me calo por um instante. Tanta água trouxe uma nova onda de enjoo. Depois de engolir a saliva com dificuldade, pergunto: — Como você consegue?

Apesar do sorriso de agradecimento, Lucas balança a cabeça em uma negativa discreta, rejeitando a minha constatação.

— Não faço nada de mais, Mika.

É a minha vez de negar.

E talvez movido pelo álcool, talvez em um momento inoportuno, talvez de maneira errônea, dou voz às desconfianças que se instalaram em minha mente:

— Você não quer ser só meu amigo, não é? — Antes mesmo da resposta, esbravejo em um murmúrio: — Eu odeio que você não queira ser só meu amigo. Porque eu queria te ter por perto, mas não posso te dar mais que amizade...

Minhas palavras não provocam nenhuma mudança na postura ou na expressão de Lucas. Ele continua sustentando um sorriso afetuoso enquanto acaricia minha cabeça e emaranha os dedos entre meus fios de cabelo.

— Eu fico satisfeito com sua amizade, Mika — diz, com a mesma calma com que conduziu a conversa até aqui.

Lucas não negou. Não falou que estou errado. Pode até ser que isso não queira dizer que estou certo. Ele pode estar apenas sendo gentil, tomando cuidado para não ferir meu ego. Mas não consigo acreditar nessa possibilidade.

— Não... — Não sei se digo em tom de reclamação ou de lamento. — Você quer mais que isso... Você é lindo, Lucas... e encantador... e atencioso... e eu não vou resistir a você se a gente ficar perto um do outro... mas eu não quero nunca mais me envolver com ninguém.

Percebo sua paciência. Sua forma de esperar, de escolher as palavras, ainda que esteja conversando com um bêbado enquanto seu colega de quarto provavelmente finge dormir, mas escuta tudo.

Sem parecer levar nada disso em consideração, ele pergunta, paciente:

— Algum dia você vai me explicar por que mudou tanto assim?

Meu estado é vergonhoso. Sério. Triste mesmo. Mas a situação de Lucas não é muito melhor. Ele está batendo o maior papo com alguém que mal consegue pronunciar as palavras que se propõe a dizer.

Mas é por me encontrar nesse estado que sou capaz de falar sem pensar demais.

— Você se lembra de Caio Maurício? Aquele meu namorado que tinha cheiro de hambúrguer velho?

A menção ao nome faz Lucas lutar contra uma risada fora de hora. Percebo a maneira como ele pressiona os lábios e abaixa a cabeça, tentando disfarçar sua diversão.

— Lembro... Lembro de Caio Maurício, sim...

Não me ofendo pelo riso iminente. Sei que é motivado apenas pelo nome. Ele sempre se divertiu com a escolha inusitada que os pais do meu ex fizeram ao registrar o filho.

— E você lembra que ele terminou comigo porque eu não podia namorar outro garoto abertamente?

— Lembro também...

— Então... esse foi só... só o começo de todas as tragédias, Lucas... Desde Caio Maurício, toda, toda vez que eu me deixei envolver com alguém, eu quebrei a cara. Eu chorei, sofri e, mais recentemente, chorei, sofri e fui afastado por todo mundo por causa de boatos, mentiras e acusações infundadas. Então... eu não quero mais.

Ele fica em silêncio, talvez ponderando entre escolher as palavras certas para dizer ou deixar o assunto morrer em respeito ao meu estado vulnerável.

— Eu sempre quis viver um grande romance. E até vivi alguns passageiros... Mas todos terminaram muito mal — continuo, preenchendo seu silêncio.

SOLTEIRO EM PRODUÇÃO **105**

Mais silêncio se estende, e então ele o rompe com a voz em tom de confidência.

— Não quer dizer que vai ser sempre assim...

— É. Mas eu não quero correr o risco. E você... Eu sei que agora você está com Damiana. Você mesmo disse. Então continue com ela e me deixe continuar do jeito que já estou: sozinho.

Ouço um suspiro baixinho vindo dele.

— Nós podemos ter essa conversa quando você acordar? Por favor... — pede.

— Não. Essa é a única conversa que precisamos ter.

— Mika...

— Eu não tenho mais nada a dizer, Lucas. De verdade. É só isso. Eu já cancelei todos aqueles planos imbecis que eu tinha sobre romance. Sou agora um solteiro em produção conformado.

Ele suspira. Eu também. Seus toques fazem isso comigo. Talvez não por virem dele, mas de tão carente que estou.

É melhor segurar a onda. E vou fazer isso. Mas...

— Vem — chamo, usando a pouca energia que me resta para me arrastar para o lado e liberar mais espaço na cama. — Não quero te rejeitar e te expulsar da sua própria cama na mesma madrugada.

Eu acho que Lucas sorri, mas não dá para ter certeza. Ele parece frustrado.

Ainda assim, sinto seu corpo se mover com cuidado até deitar comigo. Eu me posiciono de lado, apoio a bochecha nas mãos e observo-o deitar da mesma forma, com os olhos escuros brilhando para mim sob a luz fraca.

Lucas é lindo. De um jeito que nunca vi antes. Ele definitivamente poderia atrapalhar todos os meus planos de ficar sozinho, mas não consigo mais confiar em ninguém, nem mesmo nele, alguém em quem eu tanto confiava antes mesmo de conhecer pessoalmente.

Isso não vai mudar. Ainda que ele diga as coisas certas, faça as coisas certas. Acho que o estrago causado por todos os meus romances imperfeitos é irreversível.

Por isso, a única certeza que posso ter é:

— Se você tivesse chegado antes de tudo isso acontecer, Lucas... eu acho que seria você. Mas agora acho que já é tarde demais.

ETAPA 10
O arrependimento do dia seguinte

Existe um nível de embriaguez que faz a gente esquecer tudo o que fez antes de dormir. Não é o meu caso, mas eu gostaria que fosse.

Eu me lembro de tudo. Da calourada. Da chegada ao dormitório zero-dois. De encontrar Lucas em um golpe do destino. De nossa conversa antes de dormir.

Eu me lembro de cada palavra dita. E agora que o efeito do álcool passou e deixou para trás somente uma dor de cabeça infernal, minha reação é muito diferente da que tive enquanto fazia cada uma daquelas confissões.

Eu quero desaparecer.

Quando abro os olhos, sei exatamente onde estou. Quando percebo o espaço vazio ao meu lado, sei exatamente quem o ocupou.

Assim que todas as percepções são formadas e o desespero bate forte, eu me levanto em um movimento do qual me arrependo de imediato. O mundo ao redor parece dar três voltas completas, perco o equilíbrio e, ao cair sentado na cama, sinto a cabeça latejar.

— Bom dia. — Escuto alguém dizer.

Olho para o lado, assombrado pela possibilidade de ser Lucas. Sou anestesiado por uma onda de alívio quando reconheço a montanha de músculos de Heitor.

Ele está na frente de um dos dois armários, terminando de se vestir. Me pergunto que horas são.

— Oi — respondo, horrorizado com o tom rouco da minha voz.

Desvio a atenção para a mesa de cabeceira de Lucas, onde encontro a garrafa de água ainda cheia pela metade. Não faço cerimônia alguma antes de tomá-la para mim.

Quando estou no gole final, Heitor se aproxima da mesa de cabeceira ao lado. Ele pega o celular, a carteira e a chave de um carro. Provavelmente daquele caindo aos pedaços no qual me deu carona.

— Como vai a ressaca? — pergunta ele, deslizando a carteira para dentro da calça.

— Péssima.

— Precisa de assistência médica? — Ele faz uma pausa. — Não estou me oferecendo pra cuidar de você. Não sou médico ainda. Mas posso te deixar na Urgência. Fica no caminho pro meu trampo.

Ignoro tudo o que ele disse antes da última frase.

— Você vai trabalhar hoje? — questiono. Explico minha surpresa logo em seguida: — É domingo.

— E o que uma coisa tem a ver com a outra? — pergunta ele, muito sério.

— A sua lanchonete abre dia de domingo? — Percebo a fala que virá em seguida e me corrijo: — Não a sua lanchonete. Você entendeu.

— Entendi. — Heitor guarda também o celular no bolso. Fica apenas com a chave do carro na mão. — Não abre hoje. É um bico.

Solteiro em **PRODUÇÃO** 109

— Você trabalha de domingo a domingo, então? — Meu espanto é cada vez maior. — E estuda?

— De domingo a domingo. — Ele não faz muito caso. — Vai querer a carona ou não?

Olho ao redor. Estamos mesmo apenas nós dois aqui dentro. A curiosidade é inevitável.

— Cadê Lucas?

— Ele saiu enquanto eu estava no banho. Não sei pra onde foi, mas já deve estar voltando.

— Ah... — Olho para baixo e vejo as roupas dele no meu corpo. Depois, volto a olhar para Heitor. — Eu aceito a carona, mas até o meu dormitório. Pode ser?

— Tranquilo. Pode se ajeitar com calma. Ainda tenho uns dez minutos.

Dez minutos. Talvez eu precise de menos que isso. Minha intenção é sair daqui antes de Lucas voltar.

Me sinto um vampiro ao definhar sob a luz do sol, que parece duas vezes mais perto do planeta na manhã de hoje.

— Tá ali — diz Heitor enquanto seguimos pela calçada do dormitório zero-dois.

Reconheço o carro velho estacionado no final da rua e penso que chegar até lá vai ser uma tarefa difícil.

Todos os meus sentidos estão comprometidos pela ressaca. No entanto, minha audição se torna subitamente impecável quando ouço Heitor dizer:

— Ah, olha ele ali.

Tento calcular as chances de Heitor estar se referindo a Levi e não a Lucas, mas essa é mais uma das contas que não sei fazer.

Continuo observando Heitor em vez de seguir seu olhar. Vejo quando ele ergue o braço, acena para alguém e por fim pergunta:

— Onde você estava? Saiu que eu nem vi.

Se eu tentasse recalcular a probabilidade de ser Levi, teria uma resposta: zero.

A certeza irrefutável de que Lucas está se aproximando de nós faz um calor tremendo subir por minhas bochechas. Eu não sou de ficar vermelho, mas sei que essa é a cor que domina o meu rosto agora.

Em uma fração de segundos, tudo que eu disse ontem volta para me assombrar.

Por que falei aquelas coisas? Por que continuei rejeitando Lucas mesmo que em nenhum momento ele tenha confessado interesse algum em algo além da minha amizade? Por que me agarrei tanto à certeza de que ele tem segundas intenções ao ponto de falar e falar e falar como se isso fosse uma verdade?

Agora, já não acredito mais naquilo que parecia tão inegável. Não acredito que Lucas quer mesmo ser mais que meu amigo. Não depois de ontem. Não depois de ter uma conversa na qual ele teve mil oportunidades de confessar seu verdadeiro interesse, mas não o fez.

E Heitor estava logo ao lado, certamente ouvindo tudo.

Que vergonha. Meu Deus, que vexame. Que vontade de sumir e nunca mais ser encontrado.

— Cara? — Sou trazido de volta ao aqui e agora quando Heitor estala os dedos na altura dos meus olhos. Ele está com uma expressão confusa. — Tudo certo aí? Certeza que não quer ir na Urgência?

Dou uma agitada na cabeça, certamente piorando o aspecto da nuvem de cabelos castanhos desalinhados que emoldura meu rosto.

— Desculpa. Dei uma viajada. — Alivio a agonia da garganta com um pigarro quando percebo que não é somente Heitor quem está na minha frente. Lucas também está aqui. Olho para ele, sem saber ao certo se devo dizer algo ou não. Eu não deveria mais abrir a boca depois da última madrugada. Ao mes-

SOLTEIRO EM PRODUÇÃO 111

mo tempo, ele cuidou de mim com uma paciência que poucas pessoas teriam. Não posso simplesmente ignorá-lo, preciso ser mais maduro do que isso. — Oi.

A expressão dele, antes confusa, se suaviza com mais um dos sorrisos gentis que ele sempre oferece. Os caninos sobressalentes estão ali, na imperfeição que deixa o sorriso dele perfeito.

Os cachos escuros estão um pouco bagunçados, o que me faz pensar que ele saiu do quarto com pressa. Apesar disso, parece de bom-humor.

— Oi — responde Lucas. Ele levanta uma embalagem de padaria até a altura do meu rosto. — Eu disse que trouxe café da manhã pra você.

Comer não me parece a melhor das ideias agora. Meu estômago está revirado demais pela ressaca. Mas tento não fazer desfeita, então aceito o que ele me oferece.

— Obrigado, Lucas.

Há um silêncio ainda mais desconfortável do que o sol quente intensificando todo o mal-estar físico que sinto, mas a situação fica ainda pior quando Heitor decide rompê-lo.

— É... Conversem aí. Vou lá pegar o carro.

Ele começa a se afastar logo em seguida, parecendo querer deixar Lucas e eu sozinhos. Isso só aumenta a minha certeza de que ele ouviu toda a conversa da madrugada, o que eleva minha vergonha a níveis estratosféricos.

Passo a mão desocupada pelo rosto, transtornado com a situação que eu mesmo criei. Mas sei que não tem outra saída. Lucas é gentil demais para tocar no assunto primeiro, então eu assumo a responsabilidade de trazê-lo à tona.

— Desculpa pelas coisas que eu falei antes de dormir. Eu... não devia ter bebido tanto. Desculpa por ter dado trabalho. Desculpa mesmo, Lucas.

Os lábios dele se tocam e, de alguma maneira, o sorriso assim reduzido é ainda mais reconfortante.

— Não sabia se você ia lembrar — diz ele.

— Queria ter esquecido — revelo com dolorosa sinceridade.

— Não precisa se desculpar. Você não disse nada de mais, Mika.

— Lucas... — Suspiro, frustrado. Comigo, não com ele. Sinto que preciso ser sincero para lavar meu coração:— Eu te rejeitei umas três vezes. E não é esse o problema: eu te rejeitei com base em uma certeza da minha cabeça. Você nunca declarou nenhum interesse a mais em mim. Então... deve ter sido muito desconfortável. Se serve de alguma coisa, eu estou desconfortável agora. Preciso, sim, me desculpar.

— Não foi desconfortável. Quer dizer... você foi muito sincero. Ainda não tinha sido desde que a gente se encontrou aqui em Trindade. Pelo menos eu tive essa impressão. Eu me senti culpado porque isso aconteceu quando você estava embriagado. Acho que não era meu direito ouvir nada daquilo a não ser que fosse uma decisão consciente sua, mas eu não sabia como te fazer parar de falar. Então acho que preciso pedir desculpas também.

— Pelo amor de Deus... — A risada que deixo escapar é de incredulidade, mas também de encanto. Como ele consegue ser assim? — Você foi perfeito, Lucas... Parece que tudo em você é.

Lucas não se convence por minha resposta, mas também não verbaliza nenhum contraponto.

— Você quer falar sobre tudo aquilo de novo? Sóbrio, dessa vez? — oferece.

Já que fui tão sincero, resolvo ser mais uma vez.

— Não consigo.

— Você pode falar sem me rejeitar dessa vez. — Percebo que ele tenta fazer uma graça. Funciona, porque deixo um riso frouxo escapar. — É só que parece que aconteceu muita coisa desde que a gente parou de trocar mensagens, então... se você precisar que eu te escute como escutava antes, conte comigo. Eu *quero* que conte. Cara a cara.

— Não consigo, Lucas — reforço, em tom ainda mais definitivo. — Nós conversamos por muito tempo antes que eu começasse a desabafar daquele jeito com você. E eu sei que você é a mesma pessoa, então não deveria ser difícil me abrir de novo… Mas não é a mesma coisa. Por mensagem… — Sei que tropeço nas minhas palavras, mas isso de ser sincero não é fácil. Tento mais uma vez: — Por mensagem eu me sentia mais confortável. O virtual fazia eu sentir menos vergonha, eu acho.

Ele assente.

— Eu entendo, Mika. Faz sentido.

Dou uma risada inesperada.

— Você é a personificação exata das mensagens que me enviava.

— Isso é bom, né? Você gostava das minhas mensagens. Ou fingia muito bem…

Não acredito que rio mais uma vez.

— É melhor eu ir. Heitor já teve tempo de ir e voltar umas seis vezes. E ele tem que trabalhar, não quero atrasar o coitado. Ele trabalha muito, né?

— É. — Lucas olha na direção do carro. Parece que fala sem pensar, quase em uma contemplação que, por acaso, escapa em voz alta. — Ele faz de tudo pela família.

Eu também olho na direção do carro. Sei que Heitor está apenas esperando que essa conversa se encerre. Decido fazer isso de uma vez.

— Tchau, Lucas. Obrigado por cuidar de mim. E pela comida.

Ele responde com um movimento de cabeça, como se não tivesse sido nada de mais. Não tenho pretensão de iniciar uma disputa verbal sobre isso, então apenas aceno em despedida e viro as costas para seguir meu caminho.

Seguro a sacola com meu café da manhã com um pouco mais de força e, como se isso enviasse um comando para o meu corpo, meus pés travam e paro.

Não sei qual vai ser o futuro dessa relação inconstante com Lucas, mas sei o que sempre quis fazer quando éramos amigos virtuais. E é algo que não fizemos desde que nos encontramos na calourada de Engenharia de Produção.

Então, me viro de volta para trás.

Lucas continua no mesmo lugar, e suas sobrancelhas se movem de maneira sutil, confusas.

Me agarro ao show quase inesgotável de verdades e disparo de uma vez:

— A gente ainda não se abraçou. Acho que a amizade que tínhamos merece um abraço.

Lucas não diz nada. Nem sorri do jeito aberto que lhe é tão característico, mas os lábios criam uma angulação gentil e os olhos se suavizam.

Ele não se move, então entendo que a iniciativa deve ser minha. Entendo também que ele faz isso para que eu determine a intensidade do abraço inesperado.

Tento não pensar muito. Apenas aperto a sacola da padaria mais uma vez, dou os passos que me separam de Lucas e, perto assim dele, minhas bochechas voltam a esquentar como se isso fosse algo comum em mim.

Meu corpo trava. De repente, a minha súbita vontade de abraçá-lo é engolida pela vergonha. Olho para ele com uma súplica silenciosa.

Lucas deixa escapar uma risada afeiçoada, carinhosa, e atende o meu pedido.

Quase.

Ele se inclina poucos graus para a frente, as mãos tocam minha cintura, mas seus braços não me envolvem. Em vez disso, seu rosto se aproxima do meu devagar, como se estivesse me dando tempo para negar o que está preste a fazer. Mas não o faço.

Então, seus lábios tocam minha bochecha e deixam um beijo suave nela.

Sua boca é quente, macia; o beijo, rápido. E, ainda que dure dois segundos ou menos, é o suficiente para um alerta disparar em mim.

Não.

Eu não vou sentir frio na barriga. Não posso sentir frio na barriga.

O beijo na bochecha é o suficiente para me deixar em pânico, então o abraço com pressa e sem jeito, com a certeza de que, se fizer mais que isso, a sensação de medo apenas vai se tornar maior. Dessa vez, viro as costas e sigo o caminho até o carro de Heitor com passadas apressadas, desesperadas. Nem me despeço de novo.

Eu me sento no banco do carona e fecho a porta com um estrondo.

— Pô, já tá caindo aos pedaços...— reclama Heitor.

Estou tão atordoado que nem consigo me desculpar.

ETAPA 11
O jeito certo de conversar

A montanha-russa do fim de semana trouxe algo de bom: um cansaço tão grande que resultou na melhor noite de sono que tive desde que cheguei em Trindade para o terceiro semestre da graduação.

Os tampões que Lucas me deu também têm seu mérito, já que enfado nenhum seria capaz de vencer sozinho o ronco de Túlio. Tento não pensar muito em nada relacionado ao meu amigo virtual, porque pensar nele me faz lembrar daquele beijo na bochecha e, consequentemente, do frio na barriga que senti. Mas, para a minha tristeza, é esse o primeiro pensamento que tenho ao acordar na segunda-feira.

Não é que eu ainda esteja com borboletas no estômago. O problema é que, por um momento, elas estiveram lá, batendo suas asas com força depois de tanto tempo adormecidas.

Sendo honesto comigo mesmo, sei o que sentir frio na barriga significa em uma situação como aquela. E é algo que contraria o meu desejo de não me interessar por mais ninguém.

Então, apesar de ter a primeira noite de descanso merecido, acordo frustrado.

Sento na cama antes mesmo de ouvir meu despertador tocar. O quarto está vazio, mas a cama de Túlio continua bagunçada. Ele sempre deixa tudo arrumado antes de sair para a aula.

De repente, o celular dele começa a vibrar na mesa de cabeceira ao lado da minha. Pela frequência, é uma chamada. Continuo olhando para o telefone até que a vibração se encerre, então pego o meu próprio aparelho para checar as horas.

Eu poderia dormir por mais trinta minutos, mas estou tão descansado que descarto a possibilidade e penso no que fazer com esse tempo a mais.

O celular de Túlio volta a vibrar com uma nova chamada antes que eu chegue a uma decisão. Depois, três novas ligações são perdidas, até que ele volta para o quarto vestindo apenas uma calça de pano, com a toalha pendurada no ombro nu, exibindo as tatuagens de insetos espalhadas na pele.

Ele me encontra sentado, ainda terminando de despertar, e para por um instante. Acho que pensa em algo para dizer, mas acaba desistindo e segue ao próprio armário. Cobre o tronco exposto com uma camiseta lisa, escura, e passa a mão esquerda pelo cabelo loiro cortado rente à raiz.

De repente, fecha a porta com força, olha para mim e é pego de surpresa ao perceber que continuei observando-o por todo esse tempo. Depois do espanto inicial, isso parece incentivá-lo.

— O banheiro tá sem água quente. Acho que o boiler tá com algum problema — informa. Não respondo nada, embora ele espere por pelo menos uma palavra da minha parte. Depois de uns dez segundos de silêncio, Túlio umedece os lábios com a própria língua. — Só pra você saber.

Eu suspiro e volto a deitar na cama. Acho que vou aproveitar o tempo livre aqui mesmo, deitado, apesar de não ter pretensão de dormir.

O celular de Túlio volta a tocar. É a sexta chamada, mas, sem saber disso, ele não tem pressa para atendê-la. Em vez dis-

118 RUTH OLIVEIRA

so, pega a mochila com toda a calma do mundo e começa a guardar as coisas dentro dela.

— Seu celular não para de tocar — digo em um impulso.

Ele olha para mim. Meu aviso não desperta urgência no meu ex-melhor amigo. Pelo contrário, apenas o estimula a tentar falar comigo mais uma vez.

O assunto é diferente do primeiro:

— Não estamos pegando nenhuma matéria juntos esse semestre.

Franzo as sobrancelhas, ultrajado. É claro que peguei todas as disciplinas em turmas de outros cursos de exatas para não precisar encarar os defensores fiéis de Jaime.

Não me explico, apesar de achar que seria óbvio. Apenas viro as costas para ele.

— Atende logo essa chamada, pelo amor de Deus. O barulho tá me enchendo o saco.

Ouço o suspiro que Túlio expulsa antes de ouvir os passos dele até a mesa de cabeceira. Ouço também quando ele atende.

— Oi…

Em seguida, não ouço nada por muitos segundos, até que ele volta a falar:

— Mais devagar. O que aconteceu?

Um novo silêncio toma conta do quarto, mais longo que o primeiro.

Quando volto a escutar algo, são passos apressados na direção da saída. Túlio bate a porta com força atrás de si.

Pego de surpresa, viro o corpo na cama mais uma vez. A mochila dele continua aqui, a cama ainda está bagunçada.

Me pergunto sobre o que era a ligação, mas não me atrevo a me preocupar. Não com ele.

Consigo me acomodar em um lugar mais reservado do restaurante universitário. Suspiro assim que meu corpo descansa na cadeira, aliviado por poder me sentar depois de tanto tempo em pé na fila quilométrica.

Ninguém ao redor fala particularmente alto, mas o ruído simultâneo de centenas de estudantes conversando é combinado ao som dos talheres nos pratos, criando uma sinfonia abafada e caótica.

As paredes são todas recobertas por janelas, abertas em uma tentativa de amenizar o calor que os ventiladores preguiçosos não conseguem controlar sozinhos. A iluminação natural é abundante, dispensando o uso das luzes brancas que são acesas durante o jantar.

É o início do meu segundo ano em Trindade. Tudo isso já é familiar. Um tempo atrás, entretanto, eu estava sempre acompanhado quando me sentava para comer. Às vezes, por Túlio e por outros colegas da nossa turma; outras, por Jaime, Levi e pelos colegas deles, os meus veteranos. Agora, sempre me sento sozinho.

Não no sentido literal, pois todas as mesas são compartilhadas. Mas as pessoas ao meu redor nunca são conhecidas.

Quando termino de temperar a comida no prato, acrescentando pimenta e sal, o cenário que já tenho como natural é interrompido de repente.

— Precisamos falar sobre o carnaval — diz Levi ao sentar na cadeira à minha frente, do outro lado da mesa retangular.

Olho para ele, surpreso, com os talheres no meio do caminho para pegar a primeira porção de almoço. Em seguida, quase como por instinto, observo o espaço vasto ao meu redor. Não preciso procurar muito para encontrar Jaime e mais um punhado dos meus veteranos, um total de cinco, sentando em outra mesa.

Meu ex é o último a se sentar, e faz isso enquanto olha para mim. A expressão dele não é de incômodo. De certa forma, parece estranhamente compreensivo em relação ao melhor amigo dele escolher se sentar comigo.

120 RUTH OLIVEIRA

— Jaime vai começar a ficar incomodado — digo, escolhendo ignorar o assunto trazido por Levi.

Não estou preocupado com o carnaval.

Meu amigo direciona os olhos castanhos e grandes para o amigo dele, dá de ombros com displicência e enche a boca de comida. Depois de engolir, revela:

— Ele não se importa. Já conversamos sobre isso.

— Como assim ele não se importa?

— Cachorrão… — Outra garfada. Espero até que tudo desça pela garganta dele com a ajuda de um gole de suco cujo sabor ainda não consegui identificar. — Jaime quer deixar aquela história no passado.

— Mas…

— Sim, eu sei, uns caras da minha turma ainda enchem seu saco. — Levi me interrompe. — Já falamos sobre isso também. É um problema deles. Até por isso Jaime não se importa que eu me sente aqui com você em vez de almoçar lá com os caras. Ele sabe que não suporto pelo menos três daquele grupo.

— Então eles vão começar a encher o seu saco — contraponho.

— Que comecem. — Ele dá uma risada muito confiante.

Levi não é valentão, mas também não é covarde. Sei que se começarem a enchê-lo com as provocações que destinaram e ainda destinam vez ou outra a mim, a coisa vai ficar feia.

Acreditando nisso, me dou por vencido pela companhia e começo a comer. Estou no meio da mastigação quando ele tenta de novo:

— Então, sobre o carnaval… Acho que a gente tem pique pra Salvador.

— Eu ainda tô me recuperando de sábado, Levi.

— Mas o carnaval é daqui a duas semanas. Daqui pra lá você tá novo em folha.

— Eu tô dizendo que não tenho pique. Mal aguento uma noite de caos.

Solteiro em **PRODUÇÃO** 121

Ele apoia os talheres no prato, mas sem soltá-los. A expressão no rosto do meu amigo é desolada, e sua voz tem a mesma característica quando pergunta:

— Então nós vamos passar o carnaval em Trindade mesmo? Aqui não tem nada...

— Claro que tem. Tem festa, tem luau, trilha pra fazer...

— Isso tem o ano todo, Cachorrão. Não é carnavalesco o suficiente.

— Pro meu gosto, é. É festa, luau e trilha de carnaval. Não é a mesma coisa que festa, luau e trilha do resto do ano.

Ele continua inconformado. Até o jeito como leva mais comida à boca é dramático.

— Mas aí a gente vai ver as mesmas pessoas que vê o ano todo no campus... — lamenta, com um grão de arroz grudado no lábio inferior. Ele o captura com a língua antes de suspirar. — E se a gente for pra Olinda?

— Levi... — Eu o olho com seriedade. — Eu não vou viajar. — Enquanto preparo uma nova garfada, concluo: — Mas você pode ir. Por que tá agindo como se fosse obrigado a ficar aqui comigo?

Ele pressiona os lábios, projetando-os para a frente. É quase um bico, um pouco infantil, mas parece um gesto genuíno. Então, com a voz mais baixa que o usual, confessa:

— Sábado foi muito bom. Uma das melhores noites da minha vida. Queria curtir mais com você.

Continuo olhando-o por alguns instantes. Não sei o que dizer. Só sei que foi mesmo uma noite divertida como há tempos eu não vivia. E, diferente de como eu acreditava que estava fadado a ser, ninguém sabia quem eu era.

Valéria deve ter razão. O campus é muito grande, é impossível que todo mundo saiba e se importe tanto com o que fiz ou deixei de fazer, mas é que eu estava sempre cercado por pessoas da Engenharia de Produção. As pessoas que mais conhecem e gostam de Jaime. Então, por estar cercado de gente que me condenava, passei a acreditar que todo mundo no campus fazia o mesmo.

Ou foi isso, ou foi egocentrismo mesmo.

Pensar nessas coisas faz minha mente mudar a trajetória. E, depois de não ter planejado nada para o carnaval por acreditar que eu não poderia curtir os dias de folia sem ser julgado por todos os outros alunos, começo a pensar que é algo que posso, sim, fazer. Posso ir às festas, aos luaus, talvez até fazer uma trilha, se tiver disposição, com glitter espalhado pelo corpo todo.

— Você tá considerando a ideia, né? — pergunta Levi.

Como mais um pouco, aumentando o suspense da resposta. Ele espera com os olhos esperançosos. No fim, revelo:

— Considerei, sim. Quero ficar aqui em Trindade mesmo.

Não sei se é meu tom ou meu sorriso, mas algo faz Levi mudar a postura em relação a isso. Ele acaba sorrindo também.

— Então vamos ficar. — Bate o martelo.

Encerramos o assunto assim, pelo menos por agora, e damos um pouco mais de atenção ao almoço.

Quando estou quase terminando a montanha de comida no prato, reconheço um cabelinho chanel com mechas platinadas caminhando por entre as mesas.

Olho com mais atenção e vejo também uns cachos escuros.

Valéria e Lucas caminham do outro lado do restaurante, seguidos por uma legião de calouros de Biologia. Reconheço Damiana entre eles, além de algumas outras garotas que estavam na roda de verdade ou consequência naquele dia.

Estalo a língua na boca para chamar a atenção de Levi e aponto com a cabeça na direção do grupo gigantesco.

Bem que sempre disseram que calouro só anda em bando.

— É ela — diz Levi, e tenho a impressão de que ele quase se engasga com a euforia de ver Valéria. — Ela é mais bonita de dia…

Como se sentisse que é o assunto da nossa conversa, Valéria olha na nossa direção. Ela sorri quando nos encontra no meio da multidão de alunos, dá um toque em Lucas e aponta para nós.

Ele também sorri, sem mostrar os dentes. Ainda assim, é um sorriso gentil, embora rápido. Logo em seguida, ele desvia a atenção para seguir o caminho até uma mesa que comporte tanta gente.

Percebo, mesmo à distância, que Valéria tem comentários ou perguntas a fazer. Estou mortificado de ter falado tantas coisas para ela e para Heitor durante a noite de sábado. Mas, de alguma forma, não me arrependo.

Ela então faz um gesto, como se dissesse que conversamos depois, sorri mais uma vez e segue o caminho de Lucas.

Volto a olhar para Levi, mas ele continua admirando Valéria por mais alguns instantes. Com um suspiro, volta a atenção para mim.

— E como foi a noite lá no quarto de Lucas? O nome dele é Lucas, né? Você não respondeu nenhuma das minhas mensagens sobre isso ontem.

— Estava de ressaca.

— Agora não tá mais. Já pode responder.

Abro a boca, mas não sei o que dizer. Então ela continua aberta e em silêncio por uns dez segundos, até eu encontrar minha voz.

— Foi estranho. Falei demais.

— Falou o que?

— Coisas que não vou compartilhar com você.

Levi me observa em silêncio, ponderando algo.

— Pelo menos descobriu se ele tá interessado em você ou não?

Balanço a cabeça para os lados, tentando não pensar em todo o resto. Tentando não pensar na vergonha que passei, tentando não pensar no beijo na bochecha, tentando não pensar no frio na barriga.

Infelizmente, não consegui parar de pensar em nada disso ao longo do dia.

E, agora que Lucas me ofereceu um sorriso tão rápido, tão diferente dos outros que destinou a mim, entendo que ele está respeitando a minha decisão. Que não vai mais tentar se aproximar.

E me odeio por me ressentir disso.

— Vocês não eram superamigos? — pergunta Levi, ainda insistindo no assunto.

Ele deve estar dando tudo de si para lembrar dos detalhes do que falei na calçada da calourada de Psicologia.

— Virtuais. A gente só conversava por mensagem.

— Ainda assim, cara... Se vocês eram tão próximos, não deveria ser fácil conversar e tirar essa história a limpo?

Não quero mais tirar a história a limpo. Depois de tudo que falei naquele quarto que Lucas divide com Heitor, nunca mais quero tocar no assunto. E não é que eu finalmente tenha uma confirmação e uma certeza convergentes sobre as intenções dele comigo. Continuo confuso.

Mas a vergonha... a vergonha é maior que a curiosidade.

No lugar de verbalizar tudo isso, digo simplesmente a mesma coisa que revelei para Lucas antes de ir embora do dormitório zero-dois:

— Eu só me sentia confortável pra falar com ele com mensagem, Levi. Pessoalmente é desconfortável.

Ele me olha como se eu tivesse falado um absurdo. Entendo o motivo quando ele diz, em tom de obviedade:

— Então fala com ele por mensagem, ué.

Gostaria de ter um contraponto à sugestão, mas não tenho.

Em vez disso, percebo uma nova ponderação na minha mente.

SOLTEIRO EM PRODUÇÃO **125**

E se eu fizer isso? Não para tocar mais uma vez no assunto que está, agora, proibido. Na verdade, nem sei por que eu faria isso, se o distanciamento entre nós parece o melhor a ser feito.

Ainda assim…

E se eu mandar uma mensagem?

Quatro dias depois

> **Mika:** passei os últimos dias pensando se deveria mandar mensagem pra você
>
> acho que não deveria, mas... oi

Lucas: desculpa a demora

tô com o pessoal da turma na biblioteca e damiana estabeleceu a regra de que só podemos pegar o celular a cada 50 minutos de estudo :(

aconteceu alguma coisa?

> **Mika:** não, não aconteceu nada
>
> ainda vão estudar?

Lucas: lembra do professor que aplicou uma prova na segunda semana de aula?

descobrimos que ele faz isso toda semana. então, sim... ainda vamos estudar

em menos de 10 minutos damiana faz todo mundo largar o celular de novo kkkkkk

Mika: ah, então a gente se fala mais tarde

que horas você fica livre?

Lucas: acho que só à noite

depois daqui vou sair com damiana e valéria

mas pode falar! vou respondendo sempre que der

Mika: não é nada sério, posso falar depois

Lucas: tem certeza?

tudo bem

a gente se fala depois então!

Mika: na verdade...

tô percebendo que eu sou muito inconstante

já mudei de ideia

podemos falar durante esses dez minutos?

mas só se não for atrapalhar o momento com seus amigos

Lucas: claro que podemos

não tem ninguém interagindo na mesa agora

tá todo mundo com a cara enfiada no celular hahaha

Mika: imaginei que sim kkkkkkk

mas eu realmente não tenho nada importante pra falar

na verdade, não tenho nada

eu só queria conversar com você

tipo

como antes

Lucas: ah

certo

Mika: o seu tempo de acesso ao celular é limitado e eu acabei de perder um minuto inteiro pensando demais na sua resposta

e cheguei à conclusão de que você não curtiu muito o que eu disse

Lucas: não é que não gostei

acho que já expressei de todas as formas possíveis que gostaria de uma reaproximação

e você mostrou que não tinha interesse nisso

então

fui pego de surpresa

Mika: acho que eu sou meeeeesmo inconstante, né?

Lucas: é... um pouco

Mika: me desculpa por isso

tipo, de verdade mesmo

por agir desse jeito desde que a gente se viu pela primeira vez aqui em trindade

Lucas: tudo bem

você já deixou claro que aconteceu alguma coisa que te fez mudar

eu entendo

de verdade

eu já tinha desistido de tentar me reaproximar de você, mika. não por falta de vontade, você sabe disso

se você mudou de ideia e quer manter contato comigo, ótimo. fico muito feliz mesmo

mas não sei se isso é definitivo ou se você vai se afastar a qualquer momento. eu também me machuco.

Mika: eu tenho muita coisa pra falar, muitas perguntas pra fazer, mas queria ir com calma

e conversar com você por aqui é diferente

pessoalmente eu fico... meio travado, sabe?

Solteiro em **PRODUÇÃO** 131

então podemos conversar por mensagem por um tempo? só por mensagem...

não quero pedir demais

nem abusar da sua paciência

Lucas: também não quero que você peça demais, mika

então podemos ir com calma. é uma boa ideia

desde que você tenha certeza de que é isso que quer. que também quer se reaproximar de mim

se estiver na dúvida, é melhor manter as coisas como estão

tá?

Mika: eu tenho certeza

desculpa por toda a confusão até chegar a essa conclusão...

Lucas: tudo bem

então vamos ver no que isso vai dar, né?

ETAPA 12
O retorno que não foi muito aguardado

Túlio não voltou para o dormitório desde que recebeu a ligação que o fez sair daqui às pressas. Hoje é segunda-feira de novo, faz sete dias que não o vejo. Não sei o que aconteceu e, apesar de pensar nisso todo dia, o tempo todo, tento me convencer de que não estou preocupado, só curioso.

Ele é um pouco desleixado com os estudos, sempre acumula matéria e já perdeu pelo menos duas disciplinas. Mas sumir assim durante as aulas não é algo que ele faria sem motivo. A curiosidade que sinto é natural, inevitável.

Ouço a movimentação no corredor. Alguns estudantes passam falando e rindo alto entre si. O barulho é algo comum o tempo inteiro, mas atinge o pico nas primeiras horas da noite, quando o dia vai chegando ao fim. Já anoiteceu, então o dormitório zero-nove está agitado.

Fecho o caderno sobre a escrivaninha e expulso um suspiro de derrota. Mal resolvi metade da lista de exercícios que tinha planejado concluir hoje, mas sei, pela maneira como tudo ao redor rouba a minha atenção, que não vou conseguir terminá-la esta noite, não importa o quanto tente.

Arrasto a cadeira no chão para ficar de pé e olho ao redor. A cama de Túlio está bagunçada, mas só porque ele não está aqui para arrumá-la. A minha, por outro lado, está sob uma bagunça de lençóis e roupas por puro desleixo. Mesmo já sendo noite, decido resolver isso como uma maneira de compensar o fracasso momentâneo nos estudos, mas mudo a rota quando ouço meu celular vibrar na escrivaninha.

Pego o aparelho e me sento na ponta da cama desfeita com um sorriso teimoso no canto dos lábios.

Estava esperando por uma resposta desde que voltei do jantar no restaurante universitário.

Lucas: infelizmente você estava certo

o jantar hoje tava horrível

Mika: eu não sou muito criterioso com comida

então se eu falei que algo tá ruim é porque tá mesmo

confie no seu veterano

Lucas: você é veterano de engenharia de produção, não de biologia

não é MEU veterano!

Mika: confie EM MIM

melhorou?

Lucas: melhorou!

Mika: já encerrou seu dia?

Lucas: mais ou menos

valéria e damiana também odiaram o jantar, então a gente comprou uma pizza congelada e vai assar aqui na copa do dormitório delas

Mika: deveria ter feito isso também

acabei comprando um pacote de biscoito recheado

péssima decisão

mas sobrou um pouco, então vai ser meu café da manhã de amanhã

Lucas: tenho certeza de que você sabe disso, então eu não deveria dizer mas comer biscoito no café da manhã é uma decisão terrível

Mika: normalmente eu nem tomo café, então acho que tô no lucro

Lucas: aliás, por queeee você não come de manhã?

é a refeição mais importante do dia, mika

Mika: porque eu teria que acordar mais cedo pra descer lá na copa e preparar algo pra comer... prefiro dormir mais tempo...

Lucas: sério mesmo? você enfrenta as aulas com fome por preguiça?

Mika: não me julgue!

espera

tem alguma coisa acontecendo aqui no dormitório

depois falo com você

Eu estava prestes a mudar de assunto e perguntar como vão as coisas entre Lucas e Damiana quando ouvi a movimentação anormal. Depois de me despedir dele, deixo o celular de lado e caminho até a porta. O barulho que vem do corredor fica cada vez mais alto, com mais ar de confusão. Saio do quarto, movido pela curiosidade, e vejo que vários outros já fizeram o mesmo. A maior concentração de alunos é ao redor da escada, e sigo o fluxo de todos que se aproximam, mas já não é mais por curiosidade, não é para entender o que está acontecendo. É porque uma das vozes exaltadas é familiar.

Ultrapasso a barreira de curiosos e chego à margem da briga. Meus olhos pousam primeiro no cara loiro, alto e tatuado. Túlio. Ele está com olheiras, os olhos estão cercados por rajadas vermelhas e o nariz está inchado. Não me lembro de já tê-lo visto tão acabado assim, nem tão irritado.

Então, olho para o outro lado e reconheço um dos caras com quem ele se estranhou no banheiro, o parrudo. Naquele dia, a confusão entre eles foi muito rápida e não escalonou para nada além de farpas trocadas. Agora, é óbvio que estou prestes a presenciar pelo menos um murro ou um chute.

Não sei o que me move. Eu me recuso a acreditar que é algum tipo de senso de proteção por Túlio. Mas, quando dou por mim, estou me metendo no centro do círculo, olhando nos olhos do meu ex-melhor amigo, e digo para que os dois me escutem:

— Não sei o que aconteceu, mas é melhor vocês se acalmarem se não quiserem perder o direito ao alojamento até o fim da graduação.

Túlio não reage. A expressão dele continua cheia de raiva, mas seu olhar não foge do meu, o que me faz acreditar que, ainda que esteja irritado, ele me escutou. Mas prefiro não pagar para ver. Então, antes de entender o motivo que move meu corpo, caminho na direção dele, seguro seu braço e o puxo para longe da confusão.

Todo mundo ouve o outro cara dizer:

— É melhor mesmo você sair daqui! Otário!

Aperto o braço de Túlio com mais força, impedindo que a provocação o faça voltar para a briga, e só o solto depois de empurrá-lo para dentro do quarto e fechar a porta.

Fico de pé, de costas para ela e cruzo os braços, observando-o como se estivesse o repreendendo. Como se me importasse.

Túlio continua olhando para mim. Não dá para saber o que ele está pensando, e tento forçar minha cabeça a lembrar que, para mim, não faz a menor diferença. Já impedi que ele se metesse em uma briga e perdesse o direito ao alojamento estudantil. Fiz mais do que deveria. A partir de agora, se ele quiser voltar para o corredor e terminar o que estava começando, não é mais problema meu.

É a esse pensamento que me agarro quando caminho na direção da minha cama. Começo a juntar as roupas que deixei bagunçadas sobre ela quando ouço:

— Obrigado.

Paro o que estou fazendo e me viro para trás. Acompanho os passos lentos de Túlio em direção ao seu lado do quarto. Ele se senta na própria cama, bagunçada há uma semana, e olha para baixo.

Considero perguntar o que aconteceu. Não sobre a discussão que quase virou física, mas sobre o sumiço dele. Penso também que algo em mim se incomoda ao vê-lo assim ferido, mas não fisicamente.

É óbvio que algo ruim aconteceu. É óbvio que ele está mal.

E é óbvio que, mesmo depois do que ele me fez, eu me preocupo. E me recuso a me preocupar com ele.

Volto minha atenção para as roupas. Dobro cada uma, sufocado pelo silêncio no quarto, depois coloco-as no devido lugar. Então, me deito na cama com o celular em mãos, viro as costas para Túlio e abro novamente a conversa com Lucas.

ETAPA 13
O começo das mudanças de atitude

A primeira coisa que faço quando acordo na terça-feira é checar as mensagens no meu celular. Todas são de Levi e o assunto é um só: o carnaval. Ele não para de falar disso. Já me mandou todos os posts nas redes sociais sobre os eventos que acontecerão durante os quatro dias de festa em Trindade e demonstrou igual entusiasmo em comparecer a cada um deles. Eu, por outro lado, não me interessei muito por nada além de um luau que promete ser "o mais carnavalesco que Trindade já viu". Não acho que haja muita competição nesse nicho.

Depois de responder às mensagens do meu amigo, observo o quarto ao redor. Túlio não está aqui, mas parece ter saído há pouco tempo.

Então percebo que, acostumado à ausência do meu ex-melhor amigo na última semana, dormi sem os abafadores de ruído que Lucas me deu. Percebo também que eles não fizeram falta, porque não acordei em nenhum momento da madrugada. Mas meu sono é leve e certamente seria interrompido pelo ronco de

Solteiro em **PRODUÇÃO** **139**

Túlio, o que me leva a pensar em duas possibilidades: ou ele não dormiu aqui, ou até passou a madrugada no quarto, mas não conseguiu pregar o olho.

Respiro fundo em uma tentativa falha de dispersar os pensamentos sobre o comportamento do meu ex-melhor amigo. Nada disso deveria ser problema meu.

Fico de pé, ainda sonolento, e começo a juntar as minhas coisas para ir ao banheiro. Quando escolho a roupa do dia, confesso que sem muito empenho, a porta do quarto se abre e emoldura um Túlio quase apático. A raiva que ele sentiu ontem à noite, logo após seu retorno, parece ter se dissipado e dado lugar a um grande vazio.

Não há tristeza nem qualquer outra emoção particular em sua voz quando ele diz:

— Isso estava aqui na porta. Acho que é pra você.

Baixo o olhar para a sacola plástica que ele ergue um pouco, sem muito entusiasmo. Penso em muitas coisas para dizer, nenhuma sobre o que foi deixado na nossa porta. Quero falar sobre o semblante dele, sobre o sumiço, sobre o silêncio da última noite, mas a mágoa que alimentei durante os últimos meses cala todas as minhas palavras.

Pego a sacola em silêncio, evitando olhar para ele, e arranco o papelzinho amarelo grampeado no plástico. Túlio volta à própria cama, mas evito acompanhá-lo com o olhar e dedico toda a minha atenção ao bilhete. A mensagem escrita é curta, certamente menor que o sorriso que se abre no meu rosto.

"Não pule mais o café da manhã. Comece o dia do jeito certo, Mika"

Não há uma assinatura em nenhum lugar do bilhete, mas não é necessário. Sei que foi Lucas, e percebo que essa certeza é o que me faz sorrir antes mesmo de ver o que há dentro da sacola.

Eu me convenço de que a reação é natural, de que eu sorriria da mesma maneira caso fosse algo deixado por Levi ou por qualquer outra pessoa. É assim que consigo ignorar o frio na barriga e checo os itens no pacote: um sanduíche, uma maçã e um achocolatado de caixinha.

A fome que sempre sinto pela manhã, e que sempre tento ignorar, é atiçada pela refeição diante dos meus olhos. No entanto, não começo a comer de imediato. Deixo a comida na minha escrivaninha e volto a pegar o celular na mesa de cabeceira. Tento ignorar a presença de Túlio enquanto abro a conversa com Lucas.

> **Mika:** não precisava fazer isso
>
> mas obrigado pelo café da manhã

Espero ansiosamente pelo momento em que ele fica online, visualiza a mensagem e começa a digitar uma resposta.

> **Lucas:** que café da manhã? o que apareceu na sua porta há uns 10 minutos? não fui eu, não ;)
>
> **Mika:** você é impossível, garoto
>
> obrigado mesmo assim
>
> **Lucas:** de nada!
>
> coma bem e tenha um bom dia, mika ♥

Bloqueio a tela do celular e quase não consigo acreditar que o sorriso de antes ficou ainda maior. Antes de criar uma explicação conveniente, a verdade ocupa a minha cabeça. O motivo foi o coração que ele enviou. E isso me faz parar de sorrir no mesmo instante.

Hoje foi um dia particularmente complicado para a minha jornada universitária. Estive presente em todas as aulas, mas não consegui me concentrar em nenhuma. O meu maldito sorriso e o maldito coração que Lucas enviou na mensagem continuaram martelando o meu juízo até eu me sentar no restaurante universitário para jantar. Os comentários foram de que a comida estava melhor do que ontem, mas não prestei atenção. Estava perdido demais na minha própria cabeça.

Durante a caminhada de volta para o dormitório, minhas ponderações se tornam mais radicais. Considero a possibilidade de bloquear Lucas e nunca mais falar com ele, evitá-lo no campus até o meu último dia de faculdade. Sinto vergonha na mesma hora, e jogo esse pensamento covarde na caixinha das ideias ruins.

Fui eu que insisti em retomarmos o contato quando Lucas já tinha desistido de se reaproximar. Não posso mudar de ideia *de novo*. Ele não merece isso.

Entro no dormitório zero-nove. Bato o martelo: vou ter que aprender a lidar com isso, com esse receio de que os sorrisos que Lucas provoca em mim sejam sinais de um sentimento que preciso evitar.

Nós nos falamos todos os últimos dias por mensagem, mas não voltamos a tocar no temido assunto das intenções de Lucas comigo. Em nenhum momento, no entanto, ele agiu como se quisesse mais que amizade. Além disso, Damiana é uma menção constante, o que me faz pensar que eles ainda estão juntos. Me resta acreditar que eu estava errado, que Lucas nunca teve interesse algum em mim. E me amarro a isso para alimentar a esperança de estar errado de novo. Um sorriso não quer dizer nada. Não posso deixar meu recente, mas absoluto, pavor de romance me tornar uma pessoa autocentrada.

Subo as escadas, devagar, desviando do movimento de estudantes que vão e vêm de um andar a outro.

Volto a sorrir depois de passar o dia inteiro com a expressão preocupada. Estou orgulhoso de, pela primeira vez, racionalizar tão bem as minhas emoções. Gostaria de falar sobre isso com Lucas, mas não posso simplesmente dizer "ei, entrei em pânico hoje cedo porque achei que estava sentindo algo a mais por você e pensei em me afastar, mas refleti e percebi que só estava analisando tudo por um viés equivocado, então vamos manter contato!".

Levi estava certo quando sugeriu que eu deveria conversar com meu antigo amigo virtual do jeito que conversávamos antes. Trocar mensagens com Lucas me permite ser mais aberto do que quando estamos cara a cara. Mas existem limites, e tocar no assunto que me atormentou durante esta terça-feira ultrapassa todos eles.

Entro no quarto. Normalmente, a primeira coisa que faço quando chego do jantar é deixar a mochila na escrivaninha e pegar minhas coisas para tomar o último banho do dia. Desta vez, mal dou dois passos para dentro.

O cômodo está escuro, mas o ronco de Túlio me faz ter a certeza imediata de que não estou sozinho aqui.

Acendo a lanterna do celular para iluminar o caminho, mas continuo parado, olhando para o cara que divide o quarto comigo. Tenho a impressão de que ele passou o dia inteiro enfurnado aqui.

Não sei se devo fazer alguma coisa em relação a isso, então acabo não fazendo nada. Apenas me livro da mochila e, sob a iluminação limitada do celular, começo a juntar as coisas que preciso levar para o banheiro.

— Miguel?

Tenho um sobressalto com o chamado repentino. Olho para trás, ainda assustado, e direciono a lanterna para ver Túlio se sentando na cama. Ele parece atordoado.

— Já anoiteceu? — pergunta ele.

Antes de conseguir me controlar, pergunto de volta:

— Você ficou aqui o dia inteiro?

— Saí pra almoçar. Dormi desde que voltei... — A voz dele está baixa e as palavras, lentas. Ele faz uma pausa antes de dizer: — Pode acender a luz.

Penso em dizer que já estou saindo, ou em ficar calado. Em vez disso, observo-o por mais alguns segundos, e aceito que em algum momento vou precisar perguntar o que houve.

— O que aconteceu? — questiono, engolindo a mágoa que me impediu de fazer isso antes.

— Como assim? — O tom dele é confuso. Meus olhos já se adaptaram à penumbra e conseguem captar que a expressão dele tem a mesma característica que a voz. — Ontem? Aquele cara esbarrou de propósito em mim, eu me estressei... Enfim.

— Não estou falando de ontem — respondo.

É estranho trocar mais que duas frases com ele depois de tudo, e mais ainda conversar apenas sob a lanterna do celular. Então, caminho até o interruptor e, depois de acender a luz, sigo à minha cama. Sento de frente para Túlio.

— O que aconteceu no dia que você recebeu aquela ligação? — insisto.

Sinto um gosto amargo no fundo da garganta, porque tocar no assunto deixa claro para nós dois que me preocupei. Que ainda estou preocupado.

Túlio me encara de volta em silêncio. Penso que ele vai fugir do assunto, inventar alguma história, perguntar por que eu quero saber. Mas ele me surpreende.

— Meu padrasto morreu — revela.

Apesar de ter sido por pouco tempo, fomos muito amigos, mas eu não fazia ideia de que ele tinha um padrasto.

Tento deixar a mágoa de lado por um instante.

— Sinto muito, Túlio — digo, com sinceridade.

Ele continua me observando com os olhos cansados, cercados por olheiras fundas, e torce os lábios para baixo.

— Eu preferia nem ter conhecido aquele cara — confessa.

Não sei como responder. Enquanto vasculho minha mente em busca das palavras certas, Túlio completa, de uma só vez.

— Quem me ligou foi uma tia. Ela só disse que minha mãe estava hospitalizada e que eu precisava voltar pra Paulo Afonso. Meu padrasto teve um mal súbito, morreu de repente, minha mãe não soube lidar com a perda. Teve que ser socorrida por uma ambulância.

— Ela... — Tenho medo de perguntar, mas sigo em frente. — Ela está bem?

Túlio não responde de imediato. A atenção dele é direcionada para a porta do quarto quando ouvimos um dos barulhos comuns do dormitório. Quando retorna sua atenção, ele inspira fundo.

— Ela recebeu alta no dia seguinte, mas fiquei com ela até ontem. Agora ela está com minha tia. — Túlio faz outra pausa. Ouvimos mais um barulho vindo do corredor. Acho que tem algum infeliz jogando bola ali fora. Túlio suspira. — Não quero falar disso, Miguel.

Eu assinto, sentindo nada além de compreensão.

— Quero falar de outra coisa — diz Túlio, então. — Você sabe do quê.

— Túlio...

— Por favor. Você nunca me deixou explicar. Por favor, Miguel.

Não sei se quero escutar o que ele tem a dizer. Ao mesmo tempo, sinto que isso vai precisar acontecer algum dia, assim como sei que, se não for agora, talvez não seja nunca mais. Acho que Túlio tem a mesma certeza.

Ouço mais uma pancada do lado de fora. Fico de pé. Só então respondo:

— Tudo bem. Mas vamos dar uma volta.

SOLTEIRO EM PRODUÇÃO **145**

ETAPA 14
O motivo por trás de tudo

Minha suspeita estava certa: dois alunos estavam jogando bola no corredor.

Nem me preocupei em pedir para pararem quando vi um dos monitores subindo as escadas às pressas. Túlio e eu deixamos o dormitório em silêncio. Visivelmente desconfortáveis, fomos caminhamos lado a lado, esperando o momento certo de tocar no assunto. Sem rumo, percorremos as calçadas coloridas.

— Quer ir no mirante? — pergunta ele.

Dou de ombros. Parece uma boa ideia. Não porque estou com disposição para caminhar um quilômetro e meio até o mirante, mas porque me sinto mais confortável com a ideia de adiar a conversa até chegarmos lá. É isso que fazemos.

As ruas são bem iluminadas e estão movimentadas, cheias de estudantes. Trindade é diferente de todos os lugares que já conheci, e experimento, depois de tanto tempo, a sensação de caminhar pelas ruas dessa cidade sem me sentir observado e julgado por todos ao redor. Eu me sinto apenas mais um estudante, ninguém especial. Por um momento, até me esqueço da conversa que me espera.

Subimos a rampa do mirante envolvidos pelo mesmo silêncio que nos acompanhou até aqui. A subida é um pouco cansativa, mas recompensadora. Quando alcançamos o topo, conseguimos ter uma vista quase completa da cidade.

De um lado, vemos a praia. Do outro, um paredão de planaltos cheios de verde. E, entre os dois, o campus. Vemos os dormitórios, os prédios da universidade, a reitoria... tudo.

Na primeira vez que subi aqui, chorei. Era calouro na primeira semana de aula e estava vendo do alto a cidade que representava uma aguardada mudança na minha vida. Naquele dia, senti que estava vivendo um merecido recomeço. Senti que poderia viver todas as minhas nuances sem o medo constante de precisar lidar com isso em casa, com meus pais. Aquela liberdade foi uma das melhores sensações que já experimentei.

O que sinto agora é outra coisa. É quase uma nostalgia precoce desse passado recente.

Em um acordo silencioso, apreciamos a vida noturna de Trindade sem falar nada por alguns minutos. Não olhamos um para o outro, apenas para a beleza do lugar que escolhi para ser o meu recomeço.

— Eu me arrependo muito do que fiz, Miguel — diz Túlio, interrompendo a quietude.

Cruzo os braços sobre o parapeito e inclino o corpo um pouco para a frente. Entendo que não podemos mais evitar a conversa, e isso me deixa inevitavelmente tenso.

E é assim, na ausência de um roteiro, que digo o que ficou preso por tanto tempo.

— Eu ainda lembro daquele dia, Túlio. Lembro como estávamos bêbados, como você percebeu que seu celular tinha ficado sem bateria e me pediu o meu para mandar mensagem para alguém. Lembro que você escreveu e enviou uma mensagem cheia de erros que dizia "não consigo parar de pensar em

Solteiro em **PRODUÇÃO** 147

você, no que fizemos ontem no seu quarto. Quero te ver logo, beijar sua boca e te tocar de novo. Posso ir te ver agora?". Eu memorizei cada palavra.

Túlio abaixa o rosto, envergonhado, mas sei que ele quer que eu continue falando. É isso que faço.

— Eu me lembro de que aquela pessoa, seja lá quem fosse, nunca respondeu. E você nunca me disse quem era. Eu respeitei a sua decisão, mas fui burro. Aquela mensagem continuou lá por dias, não me preocupei em apagar. Por que deveria? Não tinha sido enviada por mim, só pelo meu telefone. Mas Jaime viu a mensagem e concluiu o mais óbvio: que eu o traí. Eu me expliquei, Túlio, mas ele não acreditou. Honestamente, sinto muita raiva de Jaime, mas não posso culpá-lo por não ter acreditado em mim. Só que estava tudo bem, mesmo quando a história começou a se espalhar pra todo mundo do curso, porque era só você confirmar o que eu tinha dito, que não era nada além da verdade. Mas você disse que não sabia do que eu estava falando. Você disse que não tinha enviado aquela mensagem. Você negou a verdade e me fez carregar uma culpa que nunca foi minha. Eu fui traído pela pessoa em quem mais confiava e fiquei sozinho, isolado de todo mundo que eu conhecia. Então que bom que você se arrepende de ter feito isso, Túlio. Deveria mesmo.

Ele fica em silêncio e eu, sem ar depois de soltar tudo de uma vez. Mas não me arrependo. Percebo, ao ter colocado tudo para fora, que precisava fazer isso há muito tempo. Agora, espero. Espero que Túlio diga também o que gostaria de falar.

Um minuto inteiro se passa. Ele se debruça sobre o parapeito, incapaz de olhar diretamente para mim, e revela com a voz baixa:

— O nome dele é Fernando. — Há uma pausa cheia de desconforto. — A pessoa para quem enviei aquela mensagem... Fernando.

O nome não é familiar, não me faz pensar em ninguém que conheço.

— Ele é da Engenharia Civil, mas é filho de um professor do departamento de Matemática e de uma professora do departamento de Física — continua Túlio. — Nossa turma teve aula com os dois no ano passado. Fernando é um dos poucos alunos que mora com os pais em Trindade. Ele... — Túlio faz uma nova pausa e passa uma mão pelo rosto antes de conseguir continuar: — Ele é gay, mas não se assumia pros pais. Tinha medo da reação deles.

Penso em dizer que desse medo eu entendo, mas continuo calado, permitindo que Túlio explique tudo o que eu não sabia até então.

— Nós saímos em segredo. Ele pediu que fosse assim, e entendi o motivo. Por isso nunca te contei. Não até agora. Fernando já conversou com os pais. Ficou tudo bem. O que tivemos não precisa mais ser um segredo. Mas naquele dia... naquele dia eu tinha bebido demais, Miguel. Eu estava apaixonado e o álcool me fez pensar ainda mais nele. Eu precisava dizer que estava pensando nele e fiz a besteira de mandar a mensagem pelo seu celular quando vi que o meu estava descarregado. Ele bloqueou o seu número e terminou comigo no dia seguinte.

Eu estava evitando encarar Túlio, observando-o apenas pelo canto dos olhos ou com olhadelas rápidas. Agora, viro toda a minha atenção para ele, atento a cada revelação.

Túlio suspira.

— Eu estava com o coração partido e só conseguia pensar no que estava sentindo. Em nenhum momento pensei que deveria ter apagado a mensagem, Miguel, e eu sei que não deveria ter deixado no seu celular, mas só me dei conta disso quando começou toda a confusão com Jaime.

Muitas coisas começam a fazer sentido agora, mas a minha maior dúvida, a minha maior mágoa, continua sem resposta.

— E por que você negou que a mensagem era sua, Túlio? — pergunto, ressentido.

Solteiro EM **PRODUÇÃO** 149

— A história já tinha se espalhado pra muita gente e eu pensei... pensei que se admitisse que tinha enviado aquilo, muita gente ia duvidar. Nós éramos muito próximos, todo mundo sabia, e todo mundo poderia concluir que eu estava mentindo pra te proteger. Mas alguém poderia te dar o benefício da dúvida. Ainda mais sendo o namorado do cara mais popular do campus. Alguém poderia ficar curioso, tentar descobrir quem era o cara. Talvez alguém descobrisse. Se isso acontecesse, não teria nada além daquela única mensagem entre vocês, e aí Fernando poderia negar tudo e evitar problemas maiores com os pais. Mas se eu estivesse envolvido, seria fácil descobrir que estávamos juntos. Nós nos escondíamos, mas Trindade é pequena. Seria muito fácil. Eu queria proteger Fernando mesmo que não estivéssemos mais juntos.

A dor que sinto no peito é quase literal, e ela alcança minha voz.

— Então em nenhum momento você se preocupou comigo. Você pensou em tudo isso pra proteger Fernando, mas em nenhum momento pensou em como proteger a mim também.

— Hoje eu faria tudo diferente, daria um jeito de proteger vocês dois. Na época... eu fui egoísta. Eu só conseguia pensar em como me sentia e tomei uma decisão horrível. Mas eu juro, Miguel, que nunca imaginei que as coisas chegariam àquele ponto. Nunca imaginei que tanta gente compraria a briga de Jaime e se afastaria de você. Eu juro que nunca foi a minha intenção.

— Não foi "tanta gente", Túlio. Foi todo mundo. Em uma cidade que eu não conhecia, fiquei sem ninguém a quem recorrer. Eu dividi com você todas as minhas expectativas sobre esse recomeço e você pegou tudo isso e mostrou que eu não valia a pena. Essa foi a gota d'água pra me transformar em uma versão de mim que não reconheço e da qual não gosto. E agora, pra me proteger, eu fico agindo como um idiota e afastando um garoto que é incrível comigo, porque você também foi incrível, mas fez o que fez. Eu não consigo mais confiar nos outros.

Sinto vontade de chorar. Muita coisa poderia ter sido diferente, ter sido melhor, e tudo porque o cara que um dia chamei de melhor amigo não pensou em mim nem mesmo por um segundo.

Afasto o corpo do parapeito com a intenção de me distanciar de Túlio.

Ele queria conversar. Já conversamos. Agora, preciso digerir tudo que ouvi.

— Eu vou voltar pro dormitório — anuncio, dando a conversa por encerrada, e meu tom deixa claro que quero voltar sozinho.

ETAPA 15
O luau mais carnavalesco de Trindade

Os cabelos lisos de Levi estão penteados e fixados para trás com uma camada generosa de gel. Os olhos escuros estão contornados por uma camada irregular, até malfeita, de glitter, e a roupa dele não é das mais modestas. A camisa de botões está toda aberta, solta no corpo, exibindo o peitoral e o abdômen definidos. Por baixo, nada além de uma sunga.

Já faz um minuto desde que abri a porta do quarto para recebê-lo e até agora não fui capaz de verbalizar nenhuma palavra, mas não sei qual é a surpresa. Nos últimos dias, ele só sabia falar sobre carnaval. Era de se esperar que, com a chegada da festa, ele viveria cada evento intensamente. Acho que a roupa, ou a ausência dela, acaba sendo parte da experiência.

— Você levou a sério mesmo… — É o que consigo dizer.

— Você esperava outra coisa de mim? — Ele abre os braços, exibindo o próprio corpo, brilhando de glitter prateado, com o orgulho de quem apresenta uma obra de arte. — Acha que eu deveria mudar alguma coisa?

—Ah, não. Combina com você — digo, e me surpreendo ao perceber que é um elogio. — E com a ocasião. Carnaval, né?

— Carnaval! Finalmente! — Levi empurra o meu corpo para abrir espaço e entrar no quarto. Fico apavorado com a possibilidade de que ele esbarre em qualquer uma das minhas coisas e eu tenha que ficar catando glitter até o ano que vem. Fecho a porta, ansioso para terminar de me vestir e sair logo daqui. — Hoje de manhã eu fui pra uma festa com um daqueles paredões, sabe? O sol pegando fogo, o som nas alturas, todo mundo brilhando de suor e de glitter... Você deveria ter ido, Cachorrão!

Visualizo a experiência de um paredão sob o sol da manhã no litoral norte da Bahia e imediatamente lembro o motivo pelo qual recusei o convite. O calor nunca me deixaria aproveitar a festa assim.

— Prefiro o luau. O sol já está se pondo, o calor já está amenizando... — declaro, procurando a camisa menos entediante do meu armário.

Tudo meu é meio monocromático, sem estampa, um pouco sem graça. É como gosto de me vestir no dia a dia, mas sinto que, para o carnaval, preciso de algo mais ousado.

Penso, por um instante, em vasculhar o armário de Túlio. Desisto da ideia de imediato, lembrando que as coisas não são mais como antes, principalmente depois da conversa no mirante. É possível que ela tenha até piorado a situação entre nós.

Solto um suspiro frustrado, afastando o pensamento, e tento manter o foco na missão impossível de vestir algo vibrante o suficiente para o luau carnavalesco. Então, ainda com o torso nu, me viro em busca de Levi. Chego a ter palpitações quando o vejo sentado na minha cama.

— Cara, pelo amor de Deus! — exclamo, transtornado. — O glitter!

A careta que ele exibe de imediato me faz entender que o coitado esqueceu que está todo prateado e que, inevitavelmen-

SOLTEIRO EM PRODUÇÃO 153

te, eu verei partículas brilhantes na minha cama até meados de novembro.

— Foi mal, Cachorrão — diz ele, de pé, com a voz lamuriosa. — Você tá demorando tanto que até me esqueci.

— Não tem nada aqui pra vestir.

— Como assim?

— Tudo sem graça.

— Então vai assim. — Levi gesticula para o meu peito nu. — Bota esse corpo pra jogo, gato. Cachorrão, eu quis dizer. — A correção vem logo em seguida. — Vai sem blusa mesmo.

Olho para baixo. Não tenho problema com meu corpo, mas é inegável que não tenho músculos tão definidos quanto os de Levi, então também não tenho a autoestima que seria necessária para ficar sem camisa ao lado dele.

Sem muita opção, pego a camisa de tom mais vibrante que tenho. É amarela. Antes mesmo de vesti-la, sinto algo no estômago, uma sensação que prefiro não nomear. A cor me faz pensar em Lucas, e pensar nele me faz lembrar que ele e os amigos também vão para o luau, e saber que vou encontrá-lo me deixa com uma sensação esquisita.

É a primeira vez que vamos nos ver desde que voltamos a trocar mensagens constantes. Também desde aquele pavoroso momento em que ele me beijou na bochecha e, como resposta, eu dei um abraço frouxo antes de sair correndo. Agora, conversamos o dia todo, todos os dias, mas estou sempre no conforto do espaço virtual entre nós.

De noite, estaremos no mesmo lugar. Não vamos juntos, mas ele sabe que estarei lá e a sensação é de recomeço, como se eu estivesse prestes a encontrá-lo pela primeira vez depois de todo o tempo de amizade virtual, como se todos os nossos encontros anteriores tivessem sido delírios meus.

Tento não me afundar nesses pensamentos. Se não lutar contra eles, em poucos minutos vou acabar analisando demais

154 RUTH OLIVEIRA

os meus sentimentos e logo em seguida entrarei em pânico. Chega disso.

Visto a camisa e, envolvido pela cor favorita de Lucas, pego um espelho que guardo no fundo do armário. Encaro meus olhos verdes de sempre, o cabelo castanho e liso penteado para longe da testa como todos os dias e um sorriso ridículo e não autorizado no canto dos lábios.

Que inferno.

Fecho a porta do armário com força e olho para Levi.

— Vamos — digo, e ele comemora.

Nos dias comuns, o transporte público leva estudantes de um lado ao outro de Trindade, atravessando o campus e ligando-o aos arredores da cidade universitária. Hoje, os estudantes são foliões que ocupam os ônibus com fantasias e roupas que usam somente nessa época do ano, todos a caminho de festas. Apenas eu e mais uns quatro infelizes vestimos a mesma coisa sem graça de sempre.

O último rastro de laranja do pôr do sol se despede do céu assim que desembarcamos no ponto mais próximo do luau. Ainda precisamos andar um pouco para chegar à concentração em torno da fogueira, mas daqui já é possível ouvir o axé gostoso que vem de lá.

Levi e eu seguimos o movimento quase natural de todos que desceram do ônibus. Caminhamos um pouco pela calçada cheia de cores e desenhos abstratos antes de nos aventurarmos pela areia. Quanto mais perto chegamos, mais tento identificar as prometidas nuances carnavalescas, mas parece apenas mais um luau como tantos outros que acontecem ao longo do ano. A estrutura é a mesma, o que quer dizer que não é nada além de uma fogueira. A música vem da mala de um carro, os coqueiros mais próximos estão enfeitados com fios de luz e as bebidas são vendidas em uma barraca improvisada.

Apesar das semelhanças, há algo de diferente. Parece que a promessa foi cumprida e esse é, sim, o luau com mais cara de carnaval que Trindade já viu. Ou que eu já vi em Trindade. Talvez o mérito disso seja exclusivamente das pessoas, de suas roupas e da alegria compartilhada por todos. Até mesmo eu, que passei a ter tendência ranzinza, sinto e irradio a energia que vem dos outros ao meu redor.

— Sabia que você ia gostar! — diz Levi junto a uma cotovelada na minha costela.

Tento reprimir o sorriso que se abre em meu rosto, mas não consigo. Também não respondo. Apenas continuo olhando ao redor, observando as pessoas que se espalham pela areia de pé, dançando, ou sentadas enquanto compartilham cangas e toalhas.

Meu olhar pousa em um trio familiar. Uma garota com cabelo chanel ondulado de mechas descoloridas, um cara muito alto e forte e um calouro de Biologia com cachos escuros e sorriso marcado por caninos sutilmente desalinhados, que fica maior quando os olhos castanhos encontram os meus.

Esfrego as mãos no short, tentando secar uma camada de nervosismo em forma de suor. Apesar disso, retribuo, e é um sorriso genuíno. Estou feliz por ver Lucas.

Penso em ir até ele, mas alguém chega e interrompe minha ação. Damiana se junta ao trio, descalça sobre a areia, enquanto carrega duas bebidas. Entrega uma delas para Valéria, depois fala alguma coisa no ouvido dela. As duas gargalham. Ainda rindo, a caloura com dentes pequenos e piercings no rosto se aproxima de Lucas e dá um beijo na bochecha dele como se isso fosse natural entre os dois.

Observar a dinâmica entre eles me faz lembrar que estão juntos, e lembrar que estão juntos faz meu sorriso desaparecer de repente, antes mesmo que eu tenha a chance de tentar impedir.

Sinto raiva de mim mesmo por reagir assim. Não existe motivo plausível para que eu fique afetado por ver Lucas e Damiana juntos quando isso sequer é uma novidade. Na verdade, eu deveria é agradecer.

Seguro o braço de Levi e o arrasto em direção ao quarteto.

— O que foi? — pergunta ele, confuso, mas sem resistir.

Poderia dizer a verdade, que ver o casal de calouros instigou em mim a vontade súbita e irracional de evitar Lucas mesmo que estivesse ansioso para encontrá-lo até então, e que estou lutando contra isso porque não faz sentido nenhum. No entanto, não digo nada. Prefiro guardar nos confins da minha mente.

— Valéria está ali — digo, então.

— Ai, cacete. — A voz dele até oscila.

Parte de mim se diverte com o efeito que a garota tem sobre Levi desde que ele a viu pela primeira vez. O restante anula o divertimento, porque a tensão aumenta a cada passo que damos adiante.

Os quatro já perceberam nossa aproximação, então damos os últimos passos sob seus olhares. A areia fofa parece ainda mais pesada sob meus pés.

Aperto o braço de Levi com um pouco mais de força quando ele para diante do quarteto. Não sei se ele entende que estou pedindo para que seja o nosso porta-voz, o responsável por quebrar o gelo, ou se está apenas desesperado por qualquer migalha de interação com Valéria.

— Você tá bonita — diz a ela.

Todo mundo fica em silêncio por um momento, esperando a resposta da garota. Ela observa o cabelo cheio de gel do meu veterano. Depois, desce o olhar para a blusa aberta, mas sobe tão rápido que tenho a impressão de que foi um deslize.

Ela curva os lábios em um sorriso meigo, mas meio sem jeito.

— Você também, Levi.

Tenho a sensação de que precisarei sustentar o corpo trincado do meu veterano a qualquer momento. Ele parece prestes a desmaiar, mas surpreende ao manter os pés firmes.

Solto o braço dele e escondo minhas mãos nos bolsos do short, então noto que estou espelhando o gesto de Lucas. As mãos dele também estão enterradas nos bolsos de uma bermuda de linho, acima do joelho. Ele também veste uma camisa de botões, todos abertos, com fundo azul bebê e estampa de nuvens sobre uma regata amarelo pastel. Acho que ele está fantasiado de céu. Combina com ele.

Quando nossos olhares se encontram, não fico alheio à maneira como ele e Damiana estão de braços entrelaçados e como a fantasia dela, de céu noturno, faz par com a dele. O vestido dela parece ter sido feito sob medida e é adornado por uma lua e várias estrelas. Apesar do sentimento que cresce em meu peito, me esforço para sorrir.

— Gostei das fantasias — digo, sincero.

— Obrigada, Miguel. — Damiana sorri para mim. A feição gentil entra em contraste com a aparência rebelde dos quatro piercings que ela tem no rosto. — Não sabia que você vinha, mas adorei te encontrar aqui! Ele é seu amigo?

Olho para Levi, depois para Damiana e balanço a cabeça, assentindo.

— Esse é Levi — apresento-o.

— Prazer, Damiana. Pode me chamar de Damiana mesmo. Não gosto de apelidos.

— Prazer, Damiana — responde meu amigo, focando em Lucas em seguida. Faço o mesmo. — Você é Lucas, né? Acho que eu tinha passado um pouco da conta quando nos vimos lá no dormitório.

— Só um pouco — responde. A voz de Lucas é baixa, gentil, mas carregada de humor.

— A roupa de vocês é em grupo? — Meu amigo muda de assunto.

158 RUTH OLIVEIRA

— Era pra ser — revela Valéria em tom de reclamação. — Mas Heitor estragou o plano.

Só então percebo que a roupa dela tem uma paleta de cores que se assemelha ao entardecer e que o veterano de Medicina usa roupas tão discretas quanto as minhas.

— Cada um representa um momento do céu ao longo do dia? — pergunta Levi, empenhado em decifrar cada fantasia. Ele olha para Heitor: — Qual era pra ser o seu?

— Nenhum — responde o cara. — Eu deveria representar uma tempestade.

— E estragou tudo — repete Valéria.

— E vocês? — pergunta Heitor. É óbvio que só quer deixar de ser o foco da conversa. — Não entendi as fantasias.

— Não tem um tema específico — começa Levi, sem vergonha alguma de revelar: — Só vesti o que me deixaria mais pelado. E me cobri de glitter.

— Boa escolha — diz Valéria, e acho que sem pensar, porque logo em seguida ela encobre a fala com um pigarro. — Vou pedir pra colocarem um pouco mais de vodca. Minha bebida tá fraca.

— Eu vou com você — anuncia Levi, que parece determinado a usar qualquer chance de se aproximar mais da caloura. — Quer alguma coisa, Cachorrão? — oferece.

— O mesmo que você pegar.

Ele faz que sim e volta a olhar para Valéria. Eles se encaram por dois segundos e a garota começa a se dirigir à barraca de bebidas. Levi apressa o passo para acompanhá-la.

— Ele tá a fim dela, né? — pergunta Damiana, mesmo sem conhecer meu amigo.

— Nem tenta disfarçar… — respondo.

Ela ri.

— E você? — insiste, comunicativa como foi desde que nos falamos pela primeira vez. — Tá interessado em alguém aqui

SOLTEIRO EM PRODUÇÃO **159**

hoje? Minha fantasia não é de cupido, mas posso dar uma mãozinha como se fosse, viu?

— Não — digo, rápido demais. Fico até com vergonha do meu desespero em negar. Tento ser mais calmo quando volto a abrir a boca. — Não estou interessado em ninguém, mas obrigado.

Ela parece querer insistir no assunto, mas captura alguém com o olhar e abre um sorriso empolgado.

— O pessoal da turma chegou! — anuncia, animada. — Já volto!

Observo enquanto ela se afasta com passos rápidos, quase correndo na direção de um grupo de calouros. É o mesmo pessoal que estava jogando verdade ou consequência naquela festa. Quando me viro de novo, sou capturado pelo olhar de Lucas em mim.

Encaro-o de volta em silêncio, sem saber o que dizer. Heitor nos observa, também calado, enquanto toma um gole da própria bebida. Passo a língua entre os lábios, que parecem de repente secos. Ensaio um sorriso.

— Vocês formam um casal bonito — digo a Lucas.

Ele olha para Damiana, depois volta a me encarar. A expressão em seu rosto é tranquila.

— Não somos um casal.

Franzo as sobrancelhas, confuso. Antes de dizer algo, escuto Heitor expulsar o ar de maneira sonora e olho para ele.

— Vou aproveitar que eles estão na fila e pedir pra comprarem mais uma bebida pra mim — anuncia.

— Ah, beleza — responde Lucas. — Traz pra mim também.

— Pode deixar.

Volto a olhar para Lucas. Ficamos em silêncio por mais alguns segundos, até que eu o quebro:

— Achei que vocês estavam juntos. Você disse que estavam.

— Estávamos. Saímos quatro vezes. Não estamos mais. Só como amigos.

— Desde quando? — insisto.

Ele olha para cima, como quem tenta se lembrar de algo e depois volta a atenção para mim.

— Faz um tempinho.

— Por quê? — A pergunta escapa de maneira automática. Tento amenizar a curiosidade, ciente de que posso ter sido invasivo. — Você tá bem com isso?

Ele abre um sorriso que por pouco não é risada.

— Tô bem, Mika. Ela também.

Lucas não diz o motivo, e não insisto. Às vezes é melhor não saber mesmo.

— Que bom que vocês continuam se dando bem — digo. E é verdade.

— Pois é. Gosto muito de Damiana. Heitor e Valéria também gostam dela.

Concordo com a cabeça, incerto de como prosseguir na conversa. Busco Heitor, Valéria e Levi com o olhar e os encontro na fila da bebida. Estou meio desesperado para que voltem logo. Interagir pessoalmente com Lucas ainda me deixa sem jeito, apesar de ter achado que já seria mais natural depois de todas as mensagens que trocamos nos últimos dias.

— Estava ansioso pra te ver hoje.

A bolha de divagações na qual me enfiei é estourada pela declaração baixinha, mas firme, certeira.

Acho que não consigo disfarçar meu choque quando volto a encarar Lucas. Ele sorri um pouco mais diante dos meus olhos arregalados, e até deixa um riso escapar. Quando sorri assim, a linha de sua mandíbula fica ainda mais angulosa.

Como é possível alguém ter ângulos tão definidos assim?

— Parece que é a primeira vez que estamos nos encontrando depois de anos trocando mensagens — respondo, dando fim a segundos desconfortáveis de silêncio.

— Parece, sim — concorda ele. — Fiquei ansioso mesmo, Mika.

SOLTEIRO EM PRODUÇÃO 161

De novo, não sei o que dizer. Não consigo agir com a mesma naturalidade que ele ao falar coisas assim cara a cara. Me demoro pensando na melhor resposta, mas minha mente insiste em formular a mesma frase, a mesma pergunta.

— Por que você e Damiana não estão mais juntos?

Lucas não responde de imediato e, antes que abra a boca, nossos amigos voltam para a roda. Levi estende uma cerveja para mim e Heitor, um copo plástico com uma bebida vermelha para Lucas.

Com os outros aqui, evito focar nele e dirijo minha atenção a Valéria. Ela está mesmo bonita com a saia e o tomara que caia com tons do entardecer. Enquanto segura a bebida em uma das mãos, usa a outra para pegar algo dentro da bolsa pequena na lateral do corpo.

— Acho que não estou brilhando o suficiente. Alguém quer mais glitter? — oferece.

Lucas parece ser muito querido pelos colegas de turma. Desde que Damiana retornou e aumentou o grupo ao trazer os calouros consigo, ele está sempre conversando com alguém.

Eu me sinto um pouco deslocado agora. Todos foram apresentados, algumas garotas me reconheceram de quando joguei com elas na calourada, mas não tenho intimidade com ninguém aqui, tampouco a facilidade que Levi tem para se entrosar com desconhecidos. Estou há mais de uma hora bebendo na companhia deles, mas sem me envolver muito nos assuntos. Heitor é a única pessoa tão calada quanto eu, mas é fácil perceber que, no caso dele, é um reflexo da personalidade, e não fruto de desencaixe social.

A sobreposição das músicas e das conversas começa a me deixar um pouco incomodado e tento me afastar com discrição para que ninguém perceba. Me dirijo à fila da barraca de bebidas enquanto termino a cerveja que já tenho em mãos. Dou o último gole e aproveito para comprar outra. Não volto para perto do grupo. Decido caminhar até a beira do mar e paro onde a areia está úmida. Olho para os meus pés, observando-os serem encobertos por uma onda rasa.

Tomo dois goles de cerveja e olho para o horizonte. Uma sensação familiar e desconfortável começa a ganhar espaço em meu peito, a mesma que tantas vezes experimentei depois de começar a ser rotulado como infiel e manipulador. A de estar sozinho.

O pensamento é interrompido quando me sobressalto. Alguém para ao meu lado e dá um tapa forte demais no meu ombro.

Levi precisa moderar esses cumprimentos.

— Por que você tá aqui sozinho? — pergunta ele.

Não quero pensar em uma resposta que disfarce o que sinto, então apenas dou de ombros. Ele fecha os olhos e respira fundo com um sorriso nos lábios.

— Praia tem um cheiro gostoso, né? — comenta.

— Tem mesmo — respondo, surpreso com a capacidade dele de mudar de assunto várias vezes em uma mesma conversa.

— Quer ir embora? — pergunta, como se confirmasse o que acabo de pensar.

Não dá tempo de responder, porque outras vozes crescentes anunciam que estão se juntando a nós.

— Alguém tem coragem de dar um mergulho comigo nessa escuridão? — pergunta Valéria.

Olho para os lados. Além de Valéria, Heitor e Lucas também vieram. Ficamos os cinco um ao lado do outro, formando uma linha em frente ao mar e ao negrume do céu.

— Deus me livre — responde Heitor. — Trabalho amanhã. Não posso me dar ao luxo de colocar minha vida em risco.

Olho para ele com a expressão transtornada.

— Nem no carnaval você tem folga?

— Consegui um bico pra amanhã à noite — explica, tranquilo. — Tô de folga hoje.

Sustento o olhar, ainda espantado. Ele percebe e vira o rosto para mim com um sorrisinho singelo.

— Mando dinheiro lá pra casa. Pra ajudar a pagar as contas e pra minha irmã poder estudar sem se preocupar em trabalhar. É por isso que trabalho tanto.

Não sei o que o motiva a explicar, mas fico grato por ele sentir abertura.

Seu tom não carrega qualquer pesar. É apenas um timbre morno, conformado, de quem não conhece outra realidade.

— Deve ser pesado... — É a única coisa que consigo dizer, e sinto imediatamente que foi uma fala idiota. Às vezes ficar calado é melhor.

Heitor dispensa o comentário com um dar de ombros, como se qualquer demonstração de lamento não fosse necessária.

— Você só trabalha à noite — diz Lucas, entrando na conversa, dirigindo o olhar para o amigo. — Então podíamos vir à praia de manhã...

— Se eu acordar com disposição... — responde Heitor.

— Eu topo — anuncia Valéria. Ela olha para Levi e eu. — E vocês?

— Estamos convidados? — pergunto, sem pensar.

A garota responde como se fosse óbvio:

— É claro que estão. Só nós cinco. E Damiana, se ela não acordar de ressaca. A pobrezinha é fraca pra álcool.

Meu primeiro impulso é de negar o convite, mas percebo que quero vir, e isso me surpreende. No fim, minha resposta é positiva.

— Eu topo tudo — diz Levi. É verdade.

— Então a gente vem amanhã. — Lucas é quem bate o martelo. — Pelo menos de dia eu não sinto frio.

— Não acredito que você já está com frio, Marconi — diz Valéria, desacreditada.

Se referirem a Lucas pelo sobrenome ainda soa um pouco estranho para mim.

— E você achou que isso não ia acontecer? — rebate Heitor.

— Não acredito que esqueci meu casaco... Mas tudo bem. Daqui a pouco eu chego perto da fogueira para me aquecer.

— Pela misericórdia... — sussurra Valéria. Heitor cai na risada e, sem perceber, eu também.

É estranho estar me sentindo à vontade com um grupo depois de tanto tempo.

— Preciso beber mais alguma coisa — diz o veterano de Medicina, ainda com um rastro de riso na voz. — Uma água.

— Eu também — responde Levi. — Mas não água.

— Cuidado pra não acordar de ressaca amanhã — alerta Valéria. Se fosse eu falando isso, não surtiria efeito. Como as palavras vêm dela, meu amigo cede facilmente demais.

— É verdade. Eu vou lá comprar umas águas pra gente. — Ele aproveita a oportunidade mais uma vez e é apenas para Valéria que pergunta: — Vem comigo?

A garota olha para ele em silêncio. São cinco segundos de uma tensão que corta o ar, e não sei se ele percebe a maneira como ela morde o lábio, ou como, mais uma vez, os olhos castanhos passeiam por seu corpo exposto pela camisa aberta.

Minha reação imediata é procurar o olhar de Lucas, que comprime um sorriso quando encontra minha expressão. A sensação de conversar com alguém pelo olhar é íntima. E, nesse caso, desconcertante.

— A gente já volta — anuncia Valéria.

Troco mais um olhar com Lucas, depois acompanho os dois se misturando aos grupos de alunos em direção à barraca de bebida.

— Vocês também perceberam, não foi? — pergunta Heitor quando os dois se afastam o suficiente. Lucas e eu assentimos, e o futuro médico ri de novo, mas não se estende no assunto.

— Olha só, Lucas, não quero passar vergonha sendo amigo de alguém que vai se aquecer em uma fogueira quando tá fazendo 27 graus. Vou ver se algum dos meus colegas tem um casaco pra emprestar.

— Não precisa, Heitor.

— Não é por você. Já volto.

Enquanto Heitor se afasta, semicerro um pouco os olhos, abro um sorrisinho e pergunto para Lucas:

— É impressão minha ou ele sempre dá um jeito de deixar a gente sozinho?

Lucas parece ter sido pego desprevenido, porque solta uma gargalhada. É uma risada gostosa, e reflete em mim num sorriso tão grande quanto a enormidade da sensação que sinto florescer ao ouvi-la, ao ver a maneira como ele fica lindo quando ri assim.

Por um instante, continuo olhando para ele simplesmente porque não consigo fazer diferente.

— Não é impressão, mas não sei por que ele faz isso — confessa, ainda rindo. Acabo caindo na risada também.

Não dizemos mais nada até que a graça esmaece e transforma-se apenas em sorrisos persistentes.

— Você parece se dar muito bem com todo mundo da sua turma. Todo mundo ali te adora.

Lucas olha para trás, na direção do grupo de calouros, antes de olhar para mim mais uma vez.

— É. É uma turma boa.

— Mesmo que não fosse... Acho que é impossível não gostar de você.

Os olhos dele se suavizam, curiosos.

— Sério?

— Sério. Você é sempre calmo, bem-humorado e gentil... Parece que nada te tira do sério.

— Até que tem bastante coisa que me tira do sério, Mika — contrapõe com um tom descontraído. Balanço a cabeça para os

166 RUTH OLIVEIRA

lados em uma negativa. Não acredito no que ele está dizendo. Lucas comprime os lábios por um momento. — Bastante talvez não… Mas já fiquei com raiva até de você.

A revelação me pega de surpresa e, quando dou por mim, a pergunta já escapou:

— Quando?

— Ano passado.

Sinto um aperto estranho no peito.

— Você nunca demonstrou irritação comigo! Por que não disse nada? Você devia ter falado. Eu fiz alguma coisa?

— Não falei porque foi quando você não me respondia mais. Não adiantava dizer nada.

Ele fala do assunto com leveza; parece ter processado tudo muitas vezes. Mesmo assim, é novidade para mim e fico ansioso para saber mais.

— E por que você ficou com raiva de mim?

— Porque você parou de falar comigo. — Ele para e parece elaborar uma resposta melhor. — Não que você não tivesse o direito… Mas você se afastou logo quando tudo estava tranquilo. Foi como se minha amizade só importasse quando você precisava desabafar, quando as coisas não iam bem. — Ele ri ao perceber minha expressão culpada. — Já faz bastante tempo, Mika, tá tudo bem. Não me sinto mais assim. Fico feliz de ter te ajudado de alguma forma quando você precisou.

Um sorriso fora de hora nasce em meu rosto e tento cobri-lo com a mão para não parecer que estou fazendo pouco caso da confissão e dos sentimentos dele.

— É a primeira vez que você se abre tanto comigo, sabia? — digo, antes que eu seja mal interpretado.

A leveza na expressão dele toma contornos desconfortáveis.

— Claro que não é…

— É, sim — insisto. — Eu sempre desabafei muito com você, mas você nunca fez o mesmo comigo. Na verdade, você

SOLTEIRO **EM PRODUÇÃO** **167**

quase não falava de si mesmo. — Dou uma pausa para concluir meu pensamento. — Queria que você falasse mais.

Ele pisca repetidas vezes antes de voltar a sorrir para mim. É quase como se estivesse percebendo só agora o que acabei de revelar. Lucas parece alguém aberto, e é tão fácil lidar com ele que pode até parecer fácil entendê-lo. Era assim que eu me sentia antes. As conversas fluíam tão bem que eu sequer percebia que ele nunca era o centro delas.

— Acho que sou seu oposto. Eu me sinto mais confortável conversando pessoalmente — diz ele, ainda sorrindo.

— Então vamos nos ver mais vezes — sugiro, antes que me arrependa.

Outro sorriso bonito nasce no rosto de Lucas e, observando-o, admito para mim mesmo que não foi apenas impulso. Eu realmente quero vê-lo com mais frequência.

ETAPA 16
O dia nublado que surpreende

O segundo dia de carnaval segue o mesmo ritmo de ontem para boa parte dos moradores de Trindade, mas não para mim nem para as cinco pessoas que dividem o espaço apertado, sujo e um pouco decadente do Gol 98 de Heitor enquanto seguimos a caminho da praia. Desta vez, não em busca de um luau, mas do mar.

Eu sabia que não seria uma boa ideia no exato momento em que saí do dormitório e vi o céu nublado. Em seguida, vi que o carro velho que me aguardava em frente à entrada principal já estava lotado, com Heitor e Valéria nos bancos da frente e Lucas, Levi e Damiana no banco de trás. Isso apenas alimentou a certeza de que ficar no quarto poderia ser a melhor opção, mas a verdade é que eu queria passar mais tempo com eles. Apesar dos momentos de desconforto durante o luau, eu me senti bem com esse grupo meio inesperado, meio desajeitado.

Agora estou no colo de Levi, torcendo para chegarmos logo ao nosso destino.

— Será que vai chover? — pergunta Damiana, que mexe no piercing da sobrancelha esquerda enquanto observa o céu pela janela aberta.

— Que nada — responde Levi, com motivo nenhum além do próprio otimismo para acreditar que não vamos levar chuva. Ele muda de assunto rápido, com total despreocupação: — Cara, muito massa você ter um carro. Quanto foi?

— Herança — responde Heitor, no controle do volante.

— Pelo estado do carro, faz sentido — pondera Levi sem pensar. — Quer dizer... Com todo o respeito.

— Está caindo aos pedaços mesmo — concorda Valéria. Ela dá um soquinho amigável no ombro do amigo. — Mas quebra um galho, né?

—A manutenção não é cara? — pergunta Damiana.

—A manutenção é de graça. — É Lucas quem responde, sentado no assento do meio. — Porque ele não faz.

— Faz sentido... — repete Levi.

—Algum outro comentário infeliz sobre meu carro? — pergunta Heitor. Ele tenta fingir raiva, mas seu bom humor é óbvio.

— Tenho muitos — revela Valéria. — Mas ele é mais velho que Matusalém e eu não gosto de ofender idosos assim de graça.

Eu ensaio uma risada, que perde força assim que alguma irregularidade na pista agita o carro e me faz bater a cabeça no teto.

Sinto alívio quando Heitor finalmente estaciona na orla. Sou o primeiro a saltar para o chão, mas com cuidado ao abrir a porta traseira. Não quero quebrar mais nenhum pedaço desse coitado que já acumula tantos problemas de décadas passadas.

Em seguida, atravessamos todos juntos o calçadão colorido até afundarmos os pés na areia. Arrumamos cangas perto do mar e usamos nossas sandálias para mantê-las no lugar, embora o vento esteja forte e pareça determinado a bagunçar tudo.

Damiana apoia a bolsa numa das extremidades e tira de dentro dela uma sequência quase infinita de salgadinhos industrializados e biscoitos.

— Amiga do céu... — murmura Valéria, a voz carregada de surpresa e de diversão.

— Vai ser nosso *brunch* — responde a outra caloura de Biologia com um sorriso cheio de pompa. Ela é adorável. — Sirvam-se! Só faltou o refrigerante. Não coube na bolsa.

— Posso ir comprar umas latinhas — sugere Levi. Ele apoia as mãos na cintura enquanto olha ao redor. — Acho que a gente passou por uma mercearia aberta ali perto do último paredão. Vou lá.

Ficamos todos em silêncio, todos à espera de algo que parece inevitável e que se concretiza logo em seguida, quando ele olha para Valéria e pergunta:

— Vem comigo?

Não preciso olhar para os outros três para saber que, assim como eu, eles estão lutando contra um sorriso. Levi é muito óbvio. E eu acho que Valéria gosta disso, porque aceita o convite sem que ele precise ser feito duas vezes.

Enquanto os dois se afastam, meu amigo olha para trás e ergue o polegar junto a um sorriso orgulhoso e feliz. Era o que faltava para cairmos na risada.

— Eles são fofos juntos — comenta Damiana, usando a bolsa, agora vazia, como travesseiro quando se deita sobre uma das duas cangas. — Espero que role um romance.

— É — concorda Heitor enquanto ele, Lucas e eu nos sentamos.

— E você? — Damiana olha para o veterano de Medicina. — Como anda a sua vida amorosa?

— Tô de boa. — Ele abraça as pernas longas. A expressão é tranquila, o tom de voz também. — Não tenho tempo pra romance. E a sua?

SOLTEIRO EM PRODUÇÃO 171

Talvez essa seja a solução para me impedir de me envolver com outras pessoas: me ocupar até ficar sem tempo para mais nada.

— Tenho tempo e interesse em romance — responde junto a uma risada travessa, gostosa. — Mas quero viver *muitos* romances, não um só.

Heitor assente e aí ficamos todos em silêncio, ouvindo apenas o som do mar, de um paredão distante e do vento nas palhas dos coqueiros mais próximos.

A maré está cheia, a brisa vem forte e o céu continua nublado, mas com pequenos pontos de azul alimentando a esperança de que teremos um dia sem chuva. Guardo alguns instantes para observar a imensidão do horizonte, mas minha atenção é atraída para o lado quando percebo a inquietação de Lucas.

Os olhos dele estão semicerrados, os ombros, encolhidos, e os braços envolvem o próprio corpo. É fácil perceber o que ele está sentindo.

— Não acredito que você está com frio — comento baixo, só para ele, com uma risada incrédula acompanhando a voz.

Lucas move apenas os olhos na minha direção enquanto os lábios se desenham em um sorriso sem graça.

— O vento está mais forte que ontem à noite… — diz, tentando se justificar, ainda com o sorrisinho desajeitado. Um fofo.

— Alguém trouxe uma toalha ou canga extra? — pergunto para os outros dois.

Heitor abaixa a cabeça, desacreditado ao perceber o motivo da minha pergunta, e Damiana junta o riso ao meu. Em seguida, ela se senta e tira uma toalha de dentro da bolsa. Quanta coisa será que cabe ali?

— Toma — diz ela, estendendo a toalha seca. — Sabia que Marconi ia precisar.

Aceito o agasalho improvisado e é com cuidado que envolvo o corpo de Lucas na altura dos ombros encolhidos. Ele me oferece o mesmo sorriso sem jeito, mas com um quê de agradecimento.

— Pelo amor do Santo Cristo... Como é possível alguém sentir tanto frio, cara? — pergunta Heitor, tão inconformado que faz todo mundo explodir em uma gargalhada conjunta.

— Meu problema não é com a temperatura, é com o vento! — Lucas tenta se defender ainda em meio ao próprio riso.

— Deixem o pobrezinho. — Intervenho em defesa dele e, sem pensar, o faço além das palavras, envolvendo-o com um braço e puxando-o para mais perto de mim em um gesto protetor.

O riso de Lucas se reduz a um sorriso bem pequeno, e os olhos dele miram os meus. Quando percebo o que estou fazendo, não o solto, mas desvio minha atenção para outro lugar. No meio do caminho, reparo que Damiana observa a cena. Percebo o sorriso que ela tenta esconder, como quem sabe de algo que não sei, e como volta a deitar na canga em silêncio, mantendo o segredo só para si.

Penso em uma sequência acelerada de possibilidades que possam justificar as nuances do comportamento dela, e todas me assustam. Meu primeiro impulso, então, é dar fim ao toque despropositado, que nasceu de um gesto espontâneo, quase inocente, e agora se estende em um meio abraço que me deixa tenso.

Por outro lado, e isso é o que mais me incomoda, *não quero* soltar Lucas. E sei, pela maneira como a lateral do corpo dele relaxa contra o meu, que ele não quer que eu o solte também.

— Vocês não vão acreditar! — A voz estridente de Levi se aproxima, já não sei quanto tempo depois.

Nós quatro olhamos para trás, meu braço ainda em torno do ombro de Lucas, e vemos meu amigo carregando uma sacola com bebidas enquanto Valéria exibe uma bola de vôlei que definitivamente não estava com eles quando saíram daqui.

— Levi encontrou um amigo fantasiado de jogador de vôlei de praia lá no paredão — diz a garota. Ela saca a bola para cima e habilmente a pega de volta enquanto caminha em nossa direção. — Ele não aguentava mais segurar a bola, então deixou com a gente. Quem quer jogar?

— Fico no time de Heitor! — declara Damiana ao se sentar mais uma vez.

— Eu sou péssimo — diz ele em tom de aviso.

— Com esse tamanho todo? — Ela balança a cabeça em negação. — Não acredito. Mas fico no seu time mesmo assim.

— Quero ficar no time de Valéria — anuncia Levi.

— Sério? — Meu espanto é fingido. — Por essa *ninguém* esperava!

— Cachorrão, na moral… — começa ele, mas não termina. Não com palavras. Em vez disso, exibe o dedo do meio para mim. Apesar do gesto grosseiro, ele está bem-humorado como sempre.

Enquanto caio na risada, Valéria aperta o passo para se afastar de Levi e esconde um sorriso miúdo. É um sorriso diferente de todos que já vi no rosto dela. Continuo observando-a, desconfiado, antes de voltar a olhar para meu amigo. Percebo, então, que ele não está bem-humorado como sempre. Ele está bem-humorado de outro jeito.

Arregalo os olhos quando percebo os detalhes nas feições dos dois e, ao mesmo tempo, explodo em uma gargalhada intensa.

Eles se beijaram.

Levi pisca um dos olhos na minha direção, um gesto orgulhoso, todo feliz. Em seguida, ele se curva para deixar a sacola de bebidas do meu lado, quando aproveita para dizer só para mim, no meu ouvido:

— Eu vou namorar essa garota, Cachorrão. — Ele arruma a postura e se afasta antes que eu responda algo. Quando se posiciona para jogar, exclama: — Venham logo!

Damiana e Heitor se levantam e se aproximam dos outros dois, mas Lucas não faz menção alguma de sair do lugar. Também não faço.

Tomo a liberdade de anunciar:

— Entramos depois!

Valéria joga a bola para o alto antes de sacá-la na direção da dupla adversária.

— Beleza! — diz.

Em menos de um minuto, os quatro se envolvem no jogo. Em menos de cinco, confirmo que Valéria é muito boa, que Levi está muito empenhado em impressioná-la, Heitor é mesmo ruim e que Damiana é competitiva demais.

Me divirto com as reclamações constantes dela tanto quanto me divirto com Levi dando tudo de si para não deixar a bola cair na areia. Mesmo assim, mesmo distraído com a competição entre eles, uma parte minha continua ultra consciente do corpo de Lucas tão perto do meu, e essa sensação apenas se intensifica quando ele deita a cabeça no meu ombro. É num movimento devagar, quase receoso, como quem espera ser impedido. Mas eu permito, ainda que meu coração acelere, ainda que até respirar pareça mais difícil e mais desconfortável, porque tenho medo de fazer qualquer movimento brusco que afete a posição dos nossos corpos.

— Eles gostam muito de você — declara Lucas, baixinho, de repente.

Continuo olhando para a frente, mas sem prestar atenção na dinâmica do jogo.

— Eles quem?

— Meus amigos. Quer dizer, agora são nossos. Nossos amigos.

Os cachos dele esvoaçam contra meu pescoço. Faz um pouco de cócegas, mas não é isso que me faz sorrir. É a escolha de palavras dele. *Nossos amigos.* Tem uma sonoridade gostosa. Como é bom me sentir pertencente depois de ter ficado isolado por tanto tempo.

— Também gosto deles — digo como se fosse uma grande revelação, mas sei que não é. Nunca teria me enfiado em um carro velho e acima da capacidade de lotação com pessoas das quais não gosto.

Sinto Lucas balançar a cabeça contra meu ombro, talvez em uma concordância. Ficamos em silêncio por alguns segundos.

— Por que você escolheu Trindade? — pergunto de repente, movido por interesse nenhum além de conhecê-lo melhor, de saber mais sobre a vida que ele nunca compartilhou comigo.

Lucas não responde de imediato. Parece ponderar a resposta.

— Você tinha razão — comenta, então.

Sinto um pouco de frustração quando ele ergue a cabeça e arruma a postura, encerrando o toque entre nós. Apesar disso, continua bem perto de mim, e seus olhos escuros observam algum ponto à frente enquanto eu passo a observá-lo.

A expressão de Lucas é serena, mas também séria. Não consigo decifrá-la, e isso apenas reforça a minha certeza do quão pouco o conheço. Era fácil acreditar no contrário quando conversávamos só por mensagem. Assim, cara a cara, é diferente.

— Razão sobre o quê? — pergunto, enfim.

Ele hesita por mais alguns segundos.

— Eu realmente compartilhei pouca coisa sobre mim com você.

— É…

— Mas pra falar dos meus motivos pra vir pra Trindade eu teria que falar sobre a minha família… e não quero falar disso agora. — Seu olhar vem até o meu. Ele oferece um sorriso gentil. — Então… quer perguntar outra coisa?

Não é com surpresa que constato que não sei absolutamente nada sobre a família de Lucas. Não sei se tem irmãos, como são seus pais, como se sente em relação a eles. E eu gostaria de saber mais, mas respeito sua decisão de deixar essa conversa para outro momento — com a certeza de que esse "outro momento" pode nem chegar a acontecer.

— Hum... — murmuro, pensativo, enquanto afundo os pés na areia. Olho para eles, mexo os dedos, pondero com cautela. — Você sempre usa a foto de um gato. Quer falar sobre ele? Ou também conta como falar sobre a família?

— Chico? — Lucas abre um sorriso ao mencionar o nome do gato, mas parece um gesto cheio de nostalgia. — Conta como falar sobre a família, sim. Mas tudo bem.

Abro um sorriso em resposta, apesar de perceber que ele sente falta do gato.

— Como ele está? — pergunto. Estou interessado de verdade.

— Ah... — Lucas hesita. Parece que hesitação é algo comum quando é para falar de si mesmo. — Ele estava velhinho, Mika. Morreu há dois anos.

Fico sem resposta. Há dois anos, ainda conversávamos, mas ele nunca nem mencionou isso. Apesar de já ter entendido quão pouco ele revelou de si mesmo para mim, ainda me surpreendo ao me deparar com essas provas de que Lucas não compartilhava nada comigo. Apesar da vontade, quase impulso, de tocar nesse assunto, de tentar entender o motivo, sei que não devo fazer isso agora. Então, digo com sinceridade:

— Sinto muito, Lucas...

Ele balança a cabeça em um gesto indefinido. Parece uma concordância, ao mesmo tempo em que se assemelha a um trejeito de desconforto. Percebo que a segunda opção é a correta quando ele nos força a mudar de assunto, apesar de fazê-lo com um sorriso no rosto.

— Já falamos sobre Chico. O que mais você quer saber?

Eu o observo em um silêncio incerto, resistente, antes de ceder ao seu óbvio desejo de alterar o rumo da conversa. Tento encontrar algo que alivie o desconforto dele, mas sinto que qualquer tentativa será em vão.

— Então... Quer falar sobre Damiana? — tento, ainda em dúvida. — Por que vocês não estão mais saindo?

A feição dele muda. Enfim, há leveza, como se esse fosse um dos assuntos permitidos. A resposta é despreocupada, livre de hesitações:

— Ah, gosto de outra pessoa.

— De quem? — pergunto.

Ele apoia as mãos atrás do quadril e reclina o corpo. A toalha acaba caindo de seus ombros, mas ele não se importa. Encara o céu cada vez mais azul, com um sorriso no canto dos lábios, antes de olhar para mim e revelar:

— Da mesma pessoa de quem eu gostava antes. Talvez eu nunca tenha deixado de gostar.

O sorriso dele perde força nos lábios, mas ainda resiste nos olhos gentis. Ele fica de pé com calma e estende a mão para mim. Então pergunta:

— Vamos jogar?

A vontade de ouvir ele falar mais não é páreo para o receio. Então, eu não continuo o assunto. Aceito sua mão e ele me ajuda a levantar.

Assim que fico de pé, frente a frente com ele, com nossos corpos próximos um do outro mais uma vez, Lucas dá um beijo na minha bochecha. Seus lábios ficam em contato com minha pele por poucos segundos, mas já basta para que meu coração bata ainda mais rápido.

Quando se afasta, a única coisa que diz é:

— Vem.

ETAPA 17
O sol que volta a aparecer

— **Vocês escolheriam outra universidade?** — pergunta Damiana de repente, quando estamos todos sentados nas cangas. Ela é a única com as costas viradas para o mar, observando a orla colorida da cidade.

Estamos cheios de areia grudada nos corpos suados depois de longas partidas caóticas de vôlei, mas ninguém parece muito incomodado com isso, assim como ninguém estava incomodado com o silêncio que nos cercou por longos minutos.

— Acho que não — responde Levi.

— Tenho certeza de que não — diz Valéria logo em seguida. Ela abraça as pernas, e a brisa vai transformando seus cabelos em uma bagunça de fios escuros e platinados. A garota fecha os olhos e respira fundo. — Gosto muito daqui.

— E vocês? — pergunta Damiana, dessa vez para mim, para Lucas e Heitor.

— Não me arrependo de ter vindo. — Lucas é o primeiro a dizer.

— Às vezes tenho medo de me arrepender — diz Heitor.

Na minha vez, confesso:

— Já me arrependi muito.

Todos olham para mim, surpresos com a revelação. Tento dar uma risada para amenizar o peso da declaração impensada, mas a expressão deles permanece a mesma mesmo diante do meu riso. Poupo detalhes ao explicar:

— Me senti muito sozinho nos últimos meses. Foi por isso que me arrependi.

— Ainda se sente sozinho? — É Valéria quem pergunta.

Penso na pergunta, pondero a resposta. É com sinceridade, e também um pouco de surpresa, que percebo:

— Não.

— Graças à nossa amizade — declara Levi, confiante.

A pior parte é que é verdade, mas não perco a chance de dar uma cotovelada de leve no braço dele. Em resposta, ele envolve meu ombro em um abraço.

— Graças à amizade entre vocês ou à amizade entre todos nós? — pergunta Damiana.

Ela faz perguntas demais, mas, de alguma forma, isso não me incomoda. Na verdade, até gosto.

— Saímos todos juntos pela primeira vez ontem e já nos consideramos um grupo de amigos? — devolve Heitor, não sei se em tom de implicância ou de incredulidade.

— Claro que sim — Levi responde, tão confiante dessa resposta quanto da que vem em seguida: — E eu estava falando da amizade entre todos nós. Mas eu sou o mais importante.

— Tudo bem. Você chegou primeiro. Aceito que seja o mais importante — diz Damiana.

— E você? — pergunta Valéria, olhando para a amiga. — Escolheria outra universidade?

— Nunca. A única parte ruim de estudar aqui é ficar longe da minha família, mas isso é totalmente contornável.

— Engraçado como são as coisas, né? — Valéria dá risada mesmo que, na sequência, revele: — Eu escolhi a Estadual de Trindade justamente pra ficar longe da minha família.

— Sério, amiga? Por quê?

Com as pernas dobradas, Valéria apoia o queixo nos joelhos e se encolhe um pouco. Parece hesitar, ou talvez esteja apenas escolhendo como explicar. No fim, diz:

— Minha mãe só me chama pelo meu nome morto, não respeita os meus pronomes, não aceita quem eu sou. Quando estou lá, existir é cansativo. É difícil. — Apesar do peso da revelação, ela sorri. — Mas aqui eu não me sinto assim.

Heitor apoia a mão nas costas da amiga, confortando-a em silêncio. Damiana também não diz nada, apenas procura a mão de Valéria para apertá-la.

A garota, então, olha para cada um de nós e pergunta:

— E pra vocês? Ficar longe da família é difícil ou um alívio?

— Alívio — respondo sem pensar. — Mas também é um pouco difícil. Eu amo meus pais, apesar de tudo. Eles me amam também, mas é um amor condicional, então eu sempre me moldo e escondo partes de mim quando estou perto deles. Então, na maior parte das vezes, é um alívio.

O abraço de Levi ganha força ao redor do meu ombro e, antes que eu me torne o centro das atenções, digo:

— Próximo. Quem mais sente alívio?

— Sei lá… — responde Heitor, com o olhar perdido em algum ponto adiante. — Eu relutei muito antes de vir. Tenho que ajudar a pagar as contas de casa e sabia que não poderia trabalhar muito sendo estudante. Às vezes sinto um pouco de culpa por estar aqui, por não me dedicar só ao trabalho. — Ele dá de ombros, mais uma vez agindo como se não fosse nada de mais. — Mas estar perto da minha mãe me faz sentir ainda mais culpa, porque ela cobra muito de mim. Então acho que a distância é um alívio. — Assim como eu, ele não quer prolongar as reações ao próprio desabafo e pergunta: — Próximo?

— Meus pais só são ausentes mesmo. Desleixados — confessa Levi. — Estar perto ou longe deles é a mesma coisa na maior parte do tempo.

SOLTEIRO EM PRODUÇÃO **181**

— Só pais do ano, né? — brinca Valéria.

De alguma forma, todos rimos. Fazer graça é a única forma que conheço de lidar com tudo isso com mais leveza.

— E você, Lucas? — pergunta Levi.

— Ah... — Ele parece distraído. Sorri, mas não da forma de sempre. Não com sinceridade. — Minha família sempre fez o melhor que pôde por mim.

Não deixo de perceber que ele é o único que não se abre nem mesmo um pouco, mas não faço nenhum comentário a respeito. Ninguém faz. Uma decisão conjunta, não verbalizada.

— Quando o semestre acabar vai ser um sufoco, né? — pondera Damiana. — Todo mundo voltando pra casa por um mês inteiro...

— Ou não — diz Levi.

Olhamos para ele, à espera de uma explicação, e eu reconheço um sorriso empolgado no rosto do meu amigo. A empolgação alcança sua voz logo em seguida.

— E se a gente passar as férias junto?

Ninguém reage de imediato, até que Valéria explode em uma risada.

— É sério! — insiste Levi, mesmo que também comece a rir. — Vocês não gostariam?

— Gostaria, sim. Difícil é fazer acontecer. — Valéria verbaliza exatamente o que penso.

— A gente dá um jeito. É isso. Vamos passar as férias juntos e prolongar o alívio de ficarmos longe de quem não nos faz bem!

É difícil reconhecer que eu gosto desse otimismo quase inocente de Levi, ainda que não compartilhe dele.

— Vamos jogar mais um pouco — decide Heitor, já ficando de pé com a bola de vôlei nas mãos. — É melhor do que fazer planos impossíveis.

— Não é impossível, cara. Escutem só: se o meu time ganhar, vocês vão considerar a ideia. Pode ser?

182 RUTH OLIVEIRA

Nós concordamos, mas não levamos muito a sério. Damos risada quando o time dele perde. Mesmo assim, acabamos ouvindo seus planos delirantes para as férias.

ETAPA 18
O renascer que segue as provas

O carnaval foi o último vislumbre de tranquilidade que tive antes de enfrentar uma sequência interminável de provas e seminários por três semanas seguidas.

A única coisa que mudou durante esse tempo foi a minha dedicação aos estudos, com madrugadas regadas a café solúvel para me manter acordado enquanto tentava dar conta de tudo que deixei acumular. De resto, tudo continuou no mesmo ritmo que se iniciou nos dias de festa: a presença de Túlio continuou sendo algo que prefiro ignorar, Levi continuou me chamando de Cachorrão, Lucas continuou trocando mensagens comigo, mas nunca dando detalhes ou falando muito sobre a própria vida.

Nos vimos pouco, mas não por falta de vontade. A escassez era de tempo. Quando muito, conseguimos almoçar ou jantar juntos no restaurante universitário, compartilhando a mesa, as lamentações pelo cansaço mental e também a companhia dos *nossos amigos*. Gosto de chamá-los assim. Gosto mais ainda da sensação de encontrá-los e ser recebido com sorrisos genuínos de quem fica feliz por me ver.

Apesar da exaustão, eu me senti bem. Me sinto bem até agora. Não só porque as primeiras provas finalmente chegaram ao fim, mas porque não estou mais tão sozinho. Não me *sinto* sozinho.

Levi foi quem primeiro me fez sentir assim, mas Lucas, Heitor, Valéria e Damiana potencializaram o sentimento, que espero nunca mais me abandonar. O mesmo sentimento que me faz acordar bem na última segunda-feira do mês de março.

— Ei — chama Túlio enquanto me espreguiço, sentado na cama, prestes a começar a enfrentar o dia.

Olho para ele, mas não digo nada. Meu ex-melhor amigo se aproxima de mim com a toalha molhada no ombro e estende um saco de papel.

— Estava na porta. Deve ser pra você de novo.

Desço minha atenção para a sacola que ele me entrega e, antes mesmo de aceitá-la, sinto um sorriso tomar forma em meu rosto. Leio o bilhete preso a ela.

"Café da manhã especial pra comemorar que sobrevivemos à semana de provas! :) Jantamos juntos hoje?"

Ao terminar a leitura curta, percebo o olhar de Túlio ainda atento a mim. Encaro-o de volta e entendo que ele quer falar algo. Tem sido assim desde que conversamos no mirante. E, como em todas as vezes desde aquela ocasião, ele não concretiza a própria vontade e continua em silêncio.

Espero ele sair do quarto antes de pegar meu celular para enviar uma mensagem para Lucas.

> **Mika:** jantamos juntos hoje!

> até mais tarde

> e obrigada pela comida

* * *

As aulas da manhã passaram em uma velocidade nunca antes experimentada por mim. O tempo voou, assim como minha mente, que se distraiu a cada minuto, levando os pensamentos para um lugar e um tempo distante da sala de aula; para o momento em que vou encontrar Lucas à noite e compartilhar com ele a infinitude de conversas que quero ter.

A distração me acompanha até mesmo durante o almoço, enquanto divido a mesa com Levi e com mais um punhado de alunos que nem conheço.

— Cachorrão, você tá distraído demais — aponta meu amigo depois de dar um peteleco na minha testa.

— Foi mal — respondo, voltando a prestar atenção nele. Percebo que mal toquei na comida, então preparo uma nova garfada. Antes de trazê-la à boca, pergunto: — Falou alguma coisa?

— Falei um monte. — Ele me observa com a expressão desconfiada por longos segundos. Os olhos grandes analisam cada nuance da minha existência. Depois, joga os cabelos lisos para trás e expulsa um suspiro. — Pode me dizer a verdade. Se lascou nas provas, não foi?

Balanço a cabeça em negativa.

— Não em todas. Por quê?

— Só fico viajando na maionese assim quando minha vida acadêmica tá indo mal. Qual é o seu motivo então?

Meneio a cabeça mais uma vez.

— Só me distraí mesmo — minto.

— Fala logo.

Abandono os talheres sobre o prato e descanso as costas na cadeira. Abaixo o tom para que apenas Levi escute:

— Acho que estou com um problema.

— Que tipo de problema? Precisa de ajuda?

É com muito esforço que revelo a verdade:

— Acabei de perceber que penso em Lucas o tempo todo.

— Ah. É isso? — Ele relaxa. Não trata a confissão com a mesma seriedade que eu. Não vê o perigo que ela esconde.

— Levi — chamo-o com o tom de voz tenso. — Isso não deveria acontecer.

— Por que não?

— Você sabe. E se isso significar que eu gosto dele de um jeito que não deveria gostar?

— Ah, o lance da solteirice eterna? — Levi estala a língua contra o céu da boca. Realmente não entende a gravidade da situação. — Você sabe que esse tipo de coisa não se controla, né, Cachorrão? — Antes que eu diga algo, ele se inclina sobre a mesa e, finalmente, sua expressão se torna um pouco mais séria. — Nem invente de se afastar do nada ou de ser babaca com ele porque tá com medo de sentir algo que *acha* que não deveria sentir.

— É claro que não vou ser babaca.

— Nem se afastar?

Quero dizer que não tenho alternativa, que preciso fazer isso para me poupar de um sentimento que não quero viver de novo. No entanto, esses pensamentos não servem nem mesmo para me convencer, porque não quero me afastar de Lucas.

— Vou jantar com ele hoje — revelo como uma garantia. — Não vou me afastar.

— Aproveita e fala o que tá sentindo.

— A gente vai jantar aqui, Levi. Não acho que o restaurante universitário seja o lugar ideal pra confessar que eu estou com medo da possibilidade de gostar dele.

— Então jantem em outro lugar — diz em tom de obviedade. Ele usa o garfo para brincar com a salada no prato, despreocupado, enquanto conclui: — Faz surpresa. Ele vai gostar.

— E se um jantar for extrapolar o orçamento dele? Porque extrapola o meu. É final de mês, cara.

SOLTEIRO EM PRODUÇÃO **187**

— Eu te empresto dinheiro. Não, te *dou*. Eu financio o jantar pra vocês.

— Às vezes esqueço que você é rico. É bonito, popular, de bem com a vida... — Meu tom vai assumindo um contorno de inveja maior a cada sílaba pronunciada. — Como é ter tudo?

Ele dá de ombros. Faz pouco caso.

— É massa.

Dou risada de sua resposta e logo ele me acompanha antes de corrigir com uma entonação mais genuína, mas igualmente despreocupada:

— Não sou rico. Sou filho único de pais que tentam compensar a ausência com bens materiais. — A postura dele segue inalterada, com aquele jeito de quem relata um potencial trauma como se fosse um comentário sobre o clima. Levi dá mais importância ao que diz em seguida: — E com uma mesada gorda que eu vou usar pra financiar um jantar romântico do meu amigo com o gato dele.

— Não é um jantar romântico, inferno. E não chame Lucas de "gato". Não chame ninguém de "gato". Já tivemos essa conversa.

— Entendido, Cachorrão.

— Você não se importa mesmo de ter pais tão ausentes? — pergunto, então, sem saber se ele quer ou não dar mais atenção ao assunto.

A resposta é imediata, óbvia:

— Acho ok. Sei lá. Nunca penso muito nisso. Não mude de assunto. E o jantar que não é romântico? Vai rolar ou não?

Num primeiro momento, parece demais. Logo no instante seguinte, no entanto, percebo que não é. Não quando se trata de uma pessoa que deixa café da manhã na porta do meu quarto. Na verdade, ser agradado com um jantar surpresa é o mínimo que Lucas merece.

Meu veterano certamente entende um pouco de romance, porque o dele com Valéria está indo bem. Quer dizer, não parece estar indo mal. Mas não pretendo seguir seu conselho e abrir meu coração, revelar que passei o dia inteiro pensando em Lucas. É algo que está fora de cogitação.

Mas o jantar, a surpresa…

— Vai — digo, decidido. — Vai rolar.

ETAPA 19
O jantar que traz verdades

Sinto as mãos suadas enquanto aguardo Lucas abrir a porta do quarto para me receber.

Não é um jantar romântico. É apenas um gesto de atenção, de agradecimento pelo cuidado que ele tem comigo, de reciprocidade. *Não é um jantar romântico*, mas não importa quantas vezes eu repita isso para mim mesmo. Meus sentimentos continuam seguindo uma progressão geométrica em direção a um inevitável pico de nervosismo.

O movimento do dormitório zero-dois é grande e me percebo cercado pelos sons dos residentes enquanto espero no corredor, mas tudo ao meu redor se torna abafado quando ouço o som da chave na porta de Lucas. Meu coração acelera; minhas palmas parecem cachoeiras, e ainda assim ensaio um sorriso, que é enterrado no instante em que a porta é aberta por Heitor.

— E aí, Zero-nove? — diz ele, cobrindo toda a porta com o corpo maciço.

— Lucas tá aí? — pergunto, mas logo disparo outra curiosidade: — Não trabalha hoje?

— Pô, de vez em quando tenho folga.

— Ah…

— Lucas tá aqui no banheiro. Terminando de se arrumar. Vocês vão juntos lá no restaurante, né? — Heitor afasta o corpo para abrir espaço para mim. — Entra aí pra esperar.

Balanço a cabeça para os lados, negando sua suposição e seu convite.

— Quero ficar aqui mesmo. Tô um pouco agoniado — revelo antes de conseguir impedir as palavras de deixarem meus lábios. Eu me encosto no batente, mas logo em seguida volto a me afastar, inquieto. Abaixo o tom de voz antes de confessar: — Meio que decidi fazer surpresa pra Lucas. Levar ele pra jantar num lugar melhor.

— Que lugar?

É uma boa pergunta. É uma *ótima* pergunta.

Esqueci de escolher o destino.

— Ele vai gostar — diz Heitor, sem esperar por uma resposta.

— Eu nem te disse o lugar. Ainda não escolhi.

— Ele vai gostar — repete ele com a mesma convicção. — Se quiser uma sugestão, vai na orla. Tem muita opção.

— Ok. — Não vejo motivo para dispensar a ideia, já que eu mesmo não tive nenhuma até o momento.

Ouço a porta do banheiro se abrir, e logo em seguida Lucas aparece no meu campo de visão. Os cachos estão molhados, evidência de um banho recém-tomado, e ele veste apenas uma de suas calças folgadas. O rosto se transforma com um sorriso quando me vê.

— Oi, Mika — diz, com a voz sorrindo também. — Só vou vestir a blusa e calçar o sapato e a gente vai.

Não consigo fazer nada além de concordar com um gesto atrapalhado, direcionando toda a minha energia para não dar atenção demais à pele exposta do corpo dele. Não é algo que costuma me afetar com facilidade, não deveria afetar agora. Pelo menos Lucas não percebe. Mas, a julgar pelo sorriso, Heitor percebeu. Minha sorte é que ele é discreto demais para fazer qualquer comentário. Ainda assim, eu me forço a olhar para fora do quarto enquanto aguardo. Estaciono minha atenção na janela no final do corredor, fugindo da imagem do corpo bonito de Lucas do mesmo jeito que fujo desse sorriso do colega de quarto dele.

— Vamos?

Olho para Lucas, agora vestido por completo. Balanço a cabeça em concordância.

— Espere aí — diz Heitor. Ele some dentro do quarto, mas retorna em poucos segundos com o casaco amarelo de Lucas em uma mão e a chave do carro velho na outra. Arremessa o agasalho para Lucas; a chave, para mim. — Leve o casaco. E podem ir no meu carro. — Enquanto a expressão de Lucas se enche de interrogações, Heitor se despede: — Demorem bastante. Preciso estudar e faço isso melhor com o quarto só pra mim.

Ele fecha a porta logo em seguida, até passa a chave. Conseguimos ouvir enquanto ficamos em silêncio, ainda estudando nossas possíveis reações.

— Por que eu precisaria do casaco pra comer no restaurante da universidade? — pergunta Lucas, então, com a voz baixa, confusa.

Hora de revelar a surpresa.

— É que eu pensei em te levar pra jantar em outro lugar.

Ele não reage de imediato. Pisca duas vezes os olhos castanhos, decodificando a revelação pouco impressionante, mas ainda assim inesperada. Quando me preparo para explicar os motivos, Lucas abre um novo sorriso, evidenciando mais um dos ângulos perfeitos de seu rosto. Ele diz:

— Vamos, então!

Assim, sem perguntar para onde vamos, sem querer entender a mudança de planos. Como é possível existir alguém tão adorável, tão especial quanto Lucas Marconi?

Sorrio também, parte do nervosismo transformado em alívio. Mas só uma parte. A outra, maior, continua ansiosa.

— Mas tem uma coisa — digo. O suspense é proposital. Lucas aguarda a nova revelação, que é feita quando estendo a chave do carro: — Não tenho habilitação. Você dirige.

Não é mesmo um jantar romântico. É isso que continuo repetindo, como um mantra, enquanto Lucas dirige campus afora. Permaneço em silêncio, mas minha mente segue agitada e barulhenta. Minhas mãos brincam uma com a outra no colo, enquanto meu olhar se dirige para a paisagem do lado direito do carro.

— Para onde estamos indo? — pergunta ele, mesmo sendo a pessoa detrás do volante.

— Pensei em irmos até aquela praça da orla. Tem várias barraquinhas de comida. — Me arrependo de imediato ao perceber que a sugestão vai contra a ideia de levá-lo para um jantar mais caprichado, mais especial.

Barraquinhas de rua são ótimas, mas não para a ocasião. É o que penso. Lucas pensa diferente.

— Eu adoro as barraquinhas de lá! — diz, entusiasmado.

Meu arrependimento se transforma imediatamente em satisfação e meu sorriso é tão intenso que até vira uma gargalhada, seguida de uma confissão pertinente:

— Você é especial demais, Lucas.

Ele aperta um sorriso enquanto também aperta o volante sob as mãos. Percebo a mordiscada que dá no próprio lábio, e que me faz desviar o olhar de imediato. Porque, poxa, eu não tinha percebido até agora. Talvez não de maneira tão consciente. Mas a boca de Lucas é... é um problema. Tudo nele é um

Solteiro em **PRODUÇÃO** 193

problema. Tudo nele é capaz de me fazer sentir o que eu mais gostaria de evitar.

Seguimos o restante do caminho num silêncio entrecortado apenas pelos sons que carro nenhum no mundo deveria fazer, e não consigo negar o alívio que sinto quando Lucas finalmente estaciona em uma das vagas da orla.

Eu me livro do cinto, que dá uma enganchada antes de me soltar, e puxo a maçaneta para poder abrir a porta, tomando cuidado para não arrancar alguma parte do carro decrépito de novo.

Lucas ri. Fecha a porta de Matusalém motorizado com cuidado. Depois, aciona a trava manualmente, guarda as mãos nos bolsos do casacão amarelo e gesticula.

— Você gosta de acarajé, né? — pergunta, apontando para uma das várias barraquinhas na praça que tem cheiro de mar e de comida. — Ou prefere outra coisa?

— Acarajé. Sempre acarajé.

Lucas sorri, satisfeito, e segue ao meu lado até a barraca escolhida. Ele faz o pedido, mas sou eu quem pago com minhas próprias economias. A escolha foi barata o suficiente para me fazer dispensar o financiamento entusiasmado de Levi.

— Tá muito apimentado — comenta ele quando já estamos sentados numa das mesinhas de plástico, com nossos acarajés e nossos refrigerantes.

— Melhor assim — digo, mesmo que minha boca esteja em chamas. O resto do meu corpo está arrepiado pelo frio da brisa noturna. — É bom que aquece.

Ele me analisa com cautela. No fim, usa a língua para limpar o vatapá no canto dos lábios e pergunta:

— Tá com frio?

— Talvez — respondo, fazendo pouco caso.

Não é como se eu fosse congelar, e nem de longe sou tão friorento quanto ele. Ainda assim, Lucas levanta, tira o casacão amarelo e o estende para mim, oferecendo mais um daqueles sorrisos amáveis, enfeitado pelos caninos charmosos.

— Toma. Pode vestir.

Olho para o agasalho que já lhe parece tão característico, depois para seu sorriso. E acabo sorrindo também.

— Você sente muito mais frio que eu — comento, apesar de adorar o gesto cuidadoso.

— Pode pegar — insiste mesmo assim. — Por favor.

Penso em negar novamente, mas percebo que ele quer que eu aceite. Então, apesar do motivo para rejeitar sua oferta, eu faço isso.

O casaco fica tão grande em mim quanto fica nele, mas é confortável. Tem um cheirinho gostoso, suave, de frescor. O cheirinho de Lucas.

— Obrigado — digo, ainda com um sorriso no rosto. — Me avise quando ficar com frio. Eu te devolvo. A gente pode revezar.

— Eu tô bem — garante ele com uma expressão mansa. Seus olhos repousam em mim, atenciosos, antes que pergunte: — E você? Como está? Quer dizer... em relação a tudo. Como você está?

Olho ao redor. É um lugar simples, colorido, alegre. Percebo vários outros estudantes da Estadual de Trindade dividindo-se entre as barraquinhas, ou reunidos em torno de garrafas de cerveja. Em seguida, olho para minha companhia.

Se minha resposta viesse do acúmulo de pensamentos que tenho, eu certamente diria que não estou lá muito bem, mas que já estive muito pior. Acabo escolhendo a resposta de acordo com o que sinto neste exato instante.

— Estou muito bem, Lucas. Feliz por estar aqui com você.

Algo acontece no momento em que Lucas sorri *desse* jeito. Quando seus olhos, com tão pouco tamanho diante da imensidão que nos cerca, ofuscam tudo ao redor. É só ele, esse sorriso, os olhos brilhando para mim e os cachos escuros desalinhados pela brisa constante, da qual me protejo com seu casaco amarelo, com cheirinho de conforto.

Algo acontece mesmo, mas dentro de mim. No meu coração. Algo que tento não nomear para não tornar mais real, mais difícil de ignorar.

— Lembra que você me perguntou por que eu vim pra Trindade? — pergunta ele, ainda com o sorriso. Fico confuso, mas balanço a cabeça em um sim. Lucas continua: — Não foi por um bom motivo, mas... é assim que tenho me sentido desde que cheguei. Feliz, apesar de tudo, por estar aqui com meus amigos. Por estar aqui com você.

A presença de Lucas enche minha mente de perguntas desde que nos vimos pela primeira vez. Neste instante, os questionamentos não verbalizados são inéditos. Será que o sorriso que nasce em mim é tão bonito quanto o dele? Será que o verde dos meus olhos brilha como o castanho dos olhos de Lucas? Será que provoco nele o que seu último sorriso provocou em mim?

Queria respostas para todos eles; para os de agora e para os que vieram antes. Ao mesmo tempo, tenho medo de encarar a verdade.

Então não o faço, não agora. Deixo de lado todas as perguntas que poderiam me fazer descobrir algo sobre os meus sentimentos e abraço somente as que são capazes de me fazer entender melhor Lucas Marconi e as nuances que ele esconde por trás da gentileza inabalável, dos sorrisos sinceros.

— Queria falar sobre isso agora — digo, então, depois de ficar tempo demais em silêncio. — Queria falar sobre o motivo que te fez escolher Trindade. — Lucas fica calado, o sorriso perdendo força aos poucos. Não quero despertar nele a sensação de que estou cobrando algo, então continuo: — Ou então sobre outra coisa. Mas eu queria falar sobre você, Lucas. Queria que você deixasse eu te conhecer melhor.

Ele apoia o acarajé na mesa. Sua expressão é pensativa, e seus olhos se afastam dos meus quando ele lambe o óleo de dendê em seu polegar. Segundos se passam. Começo a ficar com a sensação de que, apesar de estar tentando, Lucas não vai se abrir comigo. Não vai me deixar conhecê-lo além do que é óbvio para qualquer pessoa.

Meu sorriso e minha esperança já se esvaíram por completo quando ele volta a me olhar e me surpreende ao revelar:

— Eu nunca conheci meu pai. Ele foi embora quando minha mãe engravidou de mim. Se pudesse, acho que ela também teria ido embora, mas acabou ficando. Não era uma mãe excepcional, Mika. Não fazia nada além da obrigação, mas era a única pessoa que eu tinha. Ela morreu quando eu tinha oito anos.

Todas as revelações me pegam de surpresa, mas ele não me dá tempo para reagir. Não sei se dispara as palavras nesse tom baixo porque se sente obrigado a compartilhá-las comigo, ou porque sente alívio ao fazer isso.

— Eu morava em Feira de Santana. Nasci e vivi lá até perder minha mãe. Não lembro muito do que aconteceu depois. Eu sei que fui embora. Fui morar em Itabuna com a única irmã da minha mãe e com o marido dela, e me lembro com detalhes do velório, mas o que aconteceu quando saí de lá até chegar na casa nova… é tudo um borrão. Eu só lembro do que senti. A confusão, a tristeza, o medo… Não conseguia entender o que estava acontecendo, não sabia por que minha única opção era morar com aquela tia que conheci no dia em que enterrei minha mãe.

Há uma pausa, mas sei que ela é feita sem nenhum objetivo além de dar um pouco mais de tempo para que Lucas continue a falar. Não é para que eu faça comentários, enchendo-o de lamentações e palavras de conforto que dificilmente surtirão algum efeito real.

Quando continua, ele parece com ainda mais pressa, mais ânsia de dizer tudo de uma vez.

— Eu sou grato aos meus tios, Mika. Eles me criaram, me deram tudo de que precisei, mas nunca conseguiram disfarçar

Solteiro EM **PRODUÇÃO** 197

que era só uma obrigação, um peso na vida deles. Eu queria me afastar da vida deles pra que não sentissem mais o peso da obrigação de cuidar de mim. O alojamento é só um dos auxílios que a Estadual de Trindade oferece aos alunos, então... foi por isso que escolhi vir pra cá. Eles me mandam um pouco de dinheiro todo mês pra ajudar com as despesas que a universidade não cobre, mas estou procurando trabalho há algumas semanas pra que nem isso precisem mais fazer.

Desta vez, a pausa é definitiva. Lucas não tem mais nada a dizer, não sobre esse assunto. E, depois de verbalizar cada palavra com o peso de alguém que cresceu sem afeto, ele me oferece um olhar gentil e preocupado enquanto procuro a coisa certa a dizer.

— Não precisa fazer essa cara, Mika, não quero ser um peso pra você também — diz ele com um tom tranquilo, quase risonho. Mas que não parece sincero.

Fico de pé. Lucas me olha com confusão, sem entender minha intenção até o momento em que puxo a minha cadeira e volto a me sentar. Agora, bem ao seu lado, bem perto.

Mantenho o olhar fixo no dele, nas íris castanhas, bonitas, sempre repletas de carinho. Como é possível que alguém assim tenha crescido cercado por qualquer coisa que não amor, dedicação e admiração?

Sempre acreditei que Lucas era fruto de um lar estruturado, feliz, resultado de uma família perfeita até nas imperfeições. Não me parecia possível que uma personalidade como a dele pudesse ser moldada em nenhum outro contexto. Ao mesmo tempo, muita coisa faz sentido agora.

— Lucas — começo, tentando encontrar o melhor tom para o que tenho a dizer. — Sinto muito por tudo isso. Sinto de verdade mesmo. Mas o que eu realmente quero dizer...

— O quê?

— Eu sinto que... Eu sinto que você nunca compartilhou suas dores, seus problemas e suas tristezas comigo porque não quer que mais ninguém se sinta obrigado a cuidar de você. É isso?

Ele não responde, mas sua expressão é manchada por um quê de desconforto, uma nuance de quem se sente exposto, decodificado. Tomo isso como motivo para seguir em frente.

— Eu quero que você compartilhe tudo comigo, Lucas. Não quero só que você me escute falar da minha vida. Quero que você fale da sua também. Você pode falar dos seus tios, dos seus pais, do seu gatinho, Chico, e das memórias que tem dele, de qualquer coisa que te deixe angustiado, triste. Pode falar das suas alegrias também. Vou adorar ouvir. E eu quero te dar apoio quando você precisar, como você sempre fez por mim.

Lucas continua em silêncio; o desconforto permanece presente em sua expressão, mas também há algo a mais ali em seu rosto, brilhando em seus olhos. Pode ser alívio. Pode ser surpresa. Não sei dizer ao certo, mas sei que quero conhecê-lo de verdade, quero entendê-lo mais a fundo para identificar as nuances dos sentimentos que ele carrega dentro de si.

Ofereço um sorriso e, junto a isso, apoio minha mão na de Lucas, apertando-a com cuidado e com carinho. Ele olha para o toque que compartilhamos por longos instantes. Quando percebo que seu olhar volta ao meu, eu me inclino em sua direção e deixo um beijo em sua bochecha. Me afasto a tempo de ver sua feição recuperar parte da suavidade que lhe é tão característica.

Os cantos de sua boca se inclinam para cima, só um pouco, mas o suficiente para me fazer sorrir também.

— Obrigado, Mika — diz, a voz bem baixa e as palavras curtas, mas sinceras.

— Não me agradeça — respondo, tentando trazer um pouco de bom-humor para nosso jantar. — Acho que nosso acarajé esfriou.

Lucas ri antes de dar uma mordida no acarajé morno. Depois de engolir o pedaço, ele pergunta:

Solteiro em **PRODUÇÃO** 199

— Posso pedir pra você me explicar o que exatamente aconteceu depois que paramos de trocar mensagens no ano passado?

Tomo um gole do meu guaraná para empurrar goela abaixo o "não" imediato que queria escapar. Seria apenas força do hábito. Porque, na verdade, eu quero falar sobre isso com Lucas.

— Pode — respondo, então. — Mas só depois que a gente terminar de comer.

ETAPA 20
O banquete de surpresas

Sinto um gosto doce na boca. Não só da canela e do açúcar que envolviam o bolinho de estudante que dividi com Lucas depois de terminarmos os acarajés. Acho que é também o sabor de, enfim, ter dito em voz alta tudo que guardei para mim desde que meu namoro com Jaime terminou, que minha amizade com Túlio chegou ao fim e que me tornei o maior pária da Engenharia de Produção em Trindade. O sabor de compartilhar tudo isso com alguém que me ouviu atentamente até o último desabafo.

Ainda estamos sentados lado a lado. A conversa chegou a um instante de silêncio confortável, quando tudo que poderia ser dito já foi compartilhado um com o outro. Mas parece haver algo a mais, algo que só Lucas saberia.

— Você ainda merece aquele encontro perfeito que tanto queria, Mika.

— Não... Nem começa — respondo. — Mais importante que isso: como seria o encontro perfeito *pra* você?

A expressão dele ganha uma nuance pensativa que se prolonga por apenas alguns segundos. Logo em seguida, ele sorri, despreocupado, e declara:

Solteiro em PRODUÇÃO 201

— Nunca idealizei um encontro perfeito. Acho que gosto de me surpreender com as possibilidades.

— Sabe o que eu acho? Que você não sabe o quanto merece. Se soubesse, seria muito exigente. Você merece só as melhores coisas, Lucas.

Ele fica sem jeito. Não acho que esperava ouvir algo assim. Talvez eu não esperasse dizer também. Certamente não estava nos planos, mas as palavras simplesmente escalaram garganta acima, assim, tão fácil, porque são verdadeiras.

— Me fala — insisto. — Como seria seu encontro perfeito?

Ele demora mais para responder desta vez. Percebo que está ponderando uma resposta como se sua vida dependesse disso. Até surgem algumas rugas em sua testa enquanto ele se concentra. Ao fim, a resposta me surpreende:

— Juro que não estou te copiando. Mas acho que um encontro perfeito para mim seria como você descreveu. De mãos dadas na praia com a pessoa de quem gosto. Mas algo que você nunca falou, e que é importante demais pra mim: com a certeza de que essa pessoa também gosta de mim.

— Não acredito... Você merece *muito* mais. Isso que eu idealizava era só besteira de adolescente.

— Não era besteira. Você passou a vida toda escondendo sua sexualidade e sonhava com o dia em que poderia se envolver com a pessoa que fosse, sem esconder de ninguém. — A expressão é suave, mas denota seriedade. Ele repete: — Não era besteira.

Respiro fundo, ciente de que ele tem razão.

Lucas continua:

— Eu prometi que faria isso por você. E você sabe que eu faria. Por um segundo, pensei em te levar à praia. Está logo ali. Mas sei que você tem tudo perfeitamente planejado para o encontro perfeito, talvez até a roupa. Então é melhor não insistir nisso agora, né?

— É — digo para ele, finalizando meu refrigerante já quente. Estamos aqui há pelo menos duas horas, mas eu mal sinto o tempo passar. — Minha roupa não é o problema, mas eu realmente sempre tive muita expectativa sobre esse encontro e odiaria se finalmente tivesse a oportunidade e estivesse com essas olheiras imensas das semanas de prova. Não estou dizendo que eu ainda quero esse maldito encontro. Só estou dizendo que *se* acontecesse, o que não vai acontecer, eu não gostaria que fosse nessas condições.

— Então fica pra depois. Vai que um dia você muda de ideia... Eu quero que seja como você sempre quis — diz ele, desse jeito de quem não vai desistir de fazer acontecer. — Do início ao fim, com o nervosismo gostoso que dá antes de algo importante, a expectativa, a sua roupa favorita. Eu quero que você tenha tudo isso. Mas posso te dizer uma coisa?

— Pode.

— Você tá lindo hoje. Demais.

Está cada vez mais difícil negar os efeitos que Lucas Marconi e suas palavras certeiras provocam em mim. E eu nem acho que ele pensa demais antes de falar, de sempre surgir com a frase perfeita. Acho que é o contrário. Lucas não pensa demais, não nesses momentos. É espontâneo, livre, destemido. Meio ingênuo, até. Aí cada coisa dita por ele tem esse peso da sinceridade crua.

— Acho que é melhor a gente voltar pro campus, Lucas — anuncio, percebendo o caminho inevitável que minha mente continua seguindo.

Ainda dá tempo de parar o que está acontecendo aqui, de controlar as vontades que são cada vez mais difíceis de ignorar.

Ainda dá tempo de ouvir o alerta constante no fundo da minha mente, essa voz me dizendo a cada segundo que eu preciso me preservar, ignorar o que quer que eu esteja começando a sentir por Lucas.

A mudança no meu comportamento é brusca o suficiente para que Lucas perceba. E é assim que o caminho de volta para o campus segue num clima pesado e desconfortável, que não existiu nem mesmo sob a ansiedade da ida. Quando Matusalém para em frente ao dormitório zero-nove, eu digo:

— Gostei muito do nosso jantar, Lucas.

Lucas sorri fraquinho, em silêncio. Na sequência, começo a tirar o casacão amarelo com cheirinho gostoso.

— Aqui. Obrigado por não me deixar morrer de frio também. Boa noite, tá?

— Antes de ir... pode me escutar?

— Claro que posso, Lucas — respondo, um pouco preocupado.

O tom dele está diferente. Não sei explicar exatamente como, mas está. Me sinto tenso com o que ele tem a dizer, e percebo que não sou o único.

— Você me pediu pra falar mais sobre mim, não foi?

— Sim…

Lucas olha para as próprias mãos, as duas ainda no volante. Ele move o ombro, um movimento de tensão, e parece optar por seguir em frente sem voltar a olhar para mim.

— Tem uma coisa que eu acho que você precisa saber, Mika.

Ele continua olhando para as mãos, mas não consigo desviar a atenção. Observo o contorno do seu perfil, as linhas angulosas que formam a mandíbula, o franzir desconfortável de olhos.

— O quê? — pergunto.

— Quando eu disse… — começa, mas pausa. Hesita. Recomeça: — Foi depois de te conhecer que eu me entendi como uma pessoa bi.

Não é novidade. Tivemos essa conversa logo no início do semestre. Mas não é só isso. Eu sei que não é.

— Eu sei — digo. Respirar está ficando um pouco desconfortável. Me sinto cada vez mais tenso. — Você me disse que se apaixonou por um garoto na mesma época.

— Sim.

Meu peito sobe e desce devagar.

Ele volta a olhar para mim. Vejo seu nervosismo, que parece tanto com o meu, a incerteza em seus olhos, a percepção de que não dá mais para fugir da resposta.

Então, Lucas revela:

— Era você, Mika.

Afinal, eu estava certo. Gostaria de não identificar nenhum prazer diante disso. Gostaria de poder afirmar para mim mesmo que queria estar errado. E uma parte de mim, a mais receosa, queria mesmo. Porém não posso negar que há também um sentimento de alegria diante da descoberta, mas por trás do nervosismo que ela intensifica.

Não consigo evitar uma nova pergunta, ainda que a resposta seja óbvia:

— Então foi por minha causa que você e Damiana terminaram?

Ele balança a cabeça em concordância. Não entendo exatamente o que isso quer dizer, até ele falar em voz alta:

— Sei que você não quer mais ficar com ninguém, mas é você. Sempre foi você. Só queria que soubesse.

A cada segundo minha respiração demanda mais esforço da minha parte.

— E agora? — pergunto, perdido. — Você disse que só queria minha amizade.

— Não foi só pra você que menti. Menti pra mim mesmo também, Mika.

Eu tentei escapar disso. Do desfecho verbal, no qual precisaríamos colocar na mesa todas as cartas — e eu achava que já tinha colocado as minhas.

— E agora? — insisto, não sei se para ele, para mim ou para o universo.

Lucas não responde, talvez porque não haja uma resposta imediata. Diante do silêncio dele, tento me manter firme em meu propósito:

— Eu não tô pronto pra enfrentar nenhum tipo de romance de novo. Menos ainda quando uma das possibilidades é magoar alguém como você. Você não merece isso, Lucas... Não merece essa confusão que me tornei.

Ele assente suavemente, usando os olhos profundos e bonitos para me ler por inteiro. É ao final de uma sequência de segundos silenciosos que pergunta:

— Você não tá pronto... nem quer estar? Não tem nem uma parte de você que queira tentar, Mika?

Parece que me torno duas vezes mais vulnerável a cada frase que ele diz. E eu me agarro a essa vulnerabilidade para ser sincero de uma vez por todas, com nós dois.

— Sinceramente, Lucas? Eu quero. Quero parar de fingir pra mim mesmo que não sinto algo a mais por você. Quero sair com você de novo, receber suas mensagens e me sentir eufórico com cada uma delas. Quero inventar desculpas pra usar seu casaco enorme e quero muito te beijar no fim de um encontro. Eu quero. Mas eu tenho muito medo de querer.

— Miguel...

É a primeira vez que ele me chama pelo meu nome com esse tom. Sinto borboletas no estômago, mas não posso ceder.

— Eu não estou só me protegendo, Lucas. Acredita em mim. Eu estou te protegendo ainda mais, porque não posso te dar esperança de acontecer algo entre nós dois sem a certeza de que não vou recuar. Você pode se machucar mais do que eu. E eu não quero isso.

— Miguel — ele insiste. — Obrigado. Por ser tão sincero e por se preocupar comigo. Mesmo.

— É o mínimo que eu posso fazer, Lucas. — Umedeço meus lábios. — Então... estamos resolvidos?

— Não. Não estamos.

Ah, meu deus.

— Como não, Lucas? Por favor...

— Você disse, dentre outras coisas, que quer me beijar no fim de um encontro. O que tivemos hoje pareceu um. Então acho que não tem problema deduzir que você quer me beijar agora e admitir que eu também quero muito beijar você, não é?

Ele é folgado. E presunçoso.

E está certo.

Eu quero beijá-lo.

Quero beijar sua boca bonita, que sempre se abre nesse sorriso gostoso. Quero senti-lo pertinho, aqui mesmo, dentro do carro velho. Quero fazer carinho em seu pescoço e me render a esse seu jeito de me olhar.

Mas que inferno de garoto. Ele não tem o mínimo senso de autopreservação.

— Você tá se metendo com um problema gigante. Eu juro. Posso ser a maior dor de cabeça que você vai ter na vida, eu estrago todas as histórias em que me enfio, tô te dizendo pra você fugir e...

Ah, não...

Ele me toca. Seus dedos tocam a pele do meu punho. Seu sorriso se concentra só nos olhos e seu corpo se aproxima um pouco mais do meu.

— E eu tô te dizendo que não quero fugir, Mika. Eu quero tentar.

A mão sobe devagar por meu braço, num ritmo de quem pede permissão. Não consigo negar. Não quero que o toque chegue ao fim.

Quando sua mão encosta no meu pescoço, não entendo sequer como continuo vivo.

— Lucas — chamo, receoso. Porque eu quero mesmo beijá-lo agora. E não tocar Lucas desse jeito é o último fio de força de vontade que me faz conseguir pensar racionalmente para tentar evitar uma tragédia emocional.

Se ele me beijar...

— Posso te beijar, Mika?

Se ele me beijar, já era. Apesar disso, sem nem saber direito por que, respondo:

— *Pode.*

Não era isso. Não é o que eu deveria ter dito, mas é impossível conter a vontade.

Meus planos estavam indo tão bem até esse garoto reaparecer em minha vida. E é num carro velho, na frente do meu dormitório, que me vejo ser derrotado de vez.

A boca de Lucas alcança a minha. Ele me beija num gesto manso que me vence como nenhum golpe impiedoso poderia vencer.

É um beijo carinhoso, lento, um pouco hesitante. Tem gosto de canela, como o bolinho de estudante que dividimos, e algo agridoce que deve existir apenas na minha mente.

Meu corpo relaxa de vez, meus olhos se fecham completamente e minha mão toca a dele, ainda em meu pescoço.

É na mansidão que o beijo me conquista. Porque é exatamente como Lucas. Assim, manso, enquanto é intenso à própria forma. Como ele, o beijo é irresistível.

E é por isso que eu quero mais. Quero beijá-lo por horas a fio, aqui no carro tão destruído quanto minhas certezas nesse instante.

No entanto, ele para. Me dá um selinho demorado, mas continua perto. Continua me segurando, como se tivesse medo de me ver fugir.

Não o julgo, mas minhas pernas estão moles. Não posso fugir mesmo que queira. E, neste exato momento, não quero.

— Agora que te beijei… — ele começa, junto a um carinho gostoso em minha nuca. — Eu não vou desistir tão fácil de você.

Eu sorrio. De verdade. É um sorriso genuíno, porque parte de mim não quer que ele desista. Mas a outra parte… ainda é resistência pura. E é por ela que dou fim ao sorriso e confidencio para Lucas a verdade:

— Eu preciso pensar.

Ele balança a cabeça em uma concordância compreensiva e aproxima os lábios mais uma vez, mas para deixar um beijo na minha testa.

Fecho os olhos diante do gesto, mas me mantenho firme em minha decisão.

Eu preciso pensar.

ETAPA 21
O pior programa para uma sexta-feira

O ritmo da semana é lento. Tento me concentrar nas aulas, nas conversas com Levi, mas minha mente insiste em voltar o tempo inteiro ao beijo de Lucas. Quando me dou conta, já estou imerso em ponderações, afundando em arrependimento e receio, completamente alheio ao que acontece ao meu redor.

Pedi para Lucas um tempo para pensar e ele está respeitando o meu pedido. Não trocamos nenhuma mensagem desde que nos despedimos segunda-feira, na frente do dormitório zero-nove, tampouco nos vimos pessoalmente, nem mesmo por acaso. É por isso que me arrependo. Sinto que se me acovardar e escolher silenciar os sentimentos que estou começando a nutrir por ele, perderei sua amizade. Por outro lado, não deixo de me perguntar o que mais posso perder caso dê uma chance a ele, caso tudo dê errado depois.

— Posso sentar aqui? — pergunta uma voz familiar, que me traz de volta ao aqui e agora.

Olho para a frente e tudo de ruim que estou sentindo se potencializa quando vejo o cabelo dourado e o nariz enorme de Túlio.

Deito a cabeça na mesa. Que frustração. Vim para a biblioteca para não ficar no quarto com ele. Não é possível que Túlio também tenha decidido vir para cá.

Volto a erguer o torso, determinado a permitir, sim, que ele se sente na cadeira à frente da minha, mas também determinado a sair daqui antes mesmo que ele termine de se acomodar. No entanto, não tenho a chance de concretizar meu plano infantil. Perco a reação, transtornado com o meu azar, ao avistar a silhueta da outra pessoa que eu *menos* gostaria de encontrar hoje, ou em qualquer outro dia da minha vida: Jaime.

Encontrar meu ex-namorado e meu ex-melhor amigo ao mesmo tempo é o tipo de problema que eu definitivamente não precisava enfrentar hoje. Ainda mais quando sei que Jaime apenas seguiria seu caminho como se não tivesse me visto — apesar de ter visto, sim. Mas ele está com Levi, e é claro que Levi não perderia a chance de vir falar comigo.

Ele reforça minha certeza assim que seu olhar encontra o meu. Abre um sorriso e muda a rota quase de imediato, caminhando na minha direção enquanto puxa Jaime junto consigo.

Sério, não é possível.

A dupla de veteranos para na minha frente, do outro lado da mesa, ao lado de Túlio. Sinto que estou diante do meu maior pesadelo.

— Vocês voltaram a se falar? — pergunta Levi, os olhos castanhos alegres, absolutamente alheios à realidade. Ele oferece um dos sorrisos genuínos a Túlio. — E aí, cara? Nunca mais te vi.

— E aí? — responde meu colega de quarto.

Eu só quero sair daqui.

— Não voltamos a nos falar — respondo, olhando somente para Levi. Assim, posso ignorar os outros dois.

— Ah — diz ele, somente. Balança a cabeça em concordância enquanto ficamos os quatro em silêncio. O desconforto é tão grande que até mesmo ele percebe e, ainda que não se incomode, anuncia: — Vou lá pegar um livro com Jaime. Tá um climão aqui, né?

— Nem me fale — respondo.

Túlio olha para meu amigo, depois para meu ex-namorado. Mais uma vez, sua expressão é invadida por esse quê de alguém que tem algo a dizer, mas nada é dito.

— Então depois a gente se fala. Até mais, Túlio. Cachorrão, depois responda minhas mensagens. Bora fazer alguma coisa mais tarde — diz Levi. Jaime permanece em absoluto silêncio ao seu lado, observando-me com seus olhos caídos e uma terrível aura que pode ser de culpa ou de constipação.

Levi recua, mas Jaime continua parado. Túlio continua olhando para o meu ex, então volta a olhar para mim por um segundo. Parece se encher de coragem.

— A gente pode conversar? — pergunta, e então olha para Jaime de novo. — Nós três. Eu, você e Miguel.

A resposta de Jaime é quase automática, acompanhada de um gesto em que ele puxa uma das cadeira à frente da minha para se sentar:

— Sim.

Levi passeia os olhares por nós três, devagar, antes de dizer:

— É, acho que já tá na hora mesmo.

Ele começa a se afastar em seguida. Sou a última pessoa para quem ele olha e lança uma piscadela que interpreto como um gesto que deseja boa sorte. E sorte é algo que não estou tendo hoje.

Cruzo os braços ao voltar a olhar para Túlio.

Eu poderia só sair daqui, mas estou curioso a respeito do que ele ainda tem a dizer. Ele é o último a se sentar, e por alguns segundos fico apenas diante dos dois, sem ouvir nada além do nosso silêncio.

Túlio respira fundo. Junta coragem. Então, ao abrir a boca para falar, é para Jaime que ele olha.

— Eu só queria deixar claro que Miguel nunca te traiu — diz de uma vez. A voz é baixa, não sei se em respeito ao ambiente ou em consequência da hesitação de, finalmente, dizer a verdade. Pena que ele está fazendo isso tarde demais, mas não percebe. Se percebesse, não se daria ao trabalho de continuar: — Aquela mensagem foi enviada, sim, por mim. Não falei a verdade na época porque era um relacionamento... complicado. Às escondidas.

Expulso o ar, mas falho em expulsar a raiva, que fica evidente no meu tom:

— Não adianta mais, Túlio.

— Eu precisava falar a verdade, Miguel — responde ele. Sei que está sendo sincero, mas sua sinceridade fora de hora não muda o que já aconteceu. — Sei que é tarde, mas...

— Mas você resolveu fazer isso agora pra aliviar a culpa que está sentindo — interrompo-o, ciente de sua motivação. — Se fosse para me poupar de alguma coisa, teria falado muito antes. É melhor ficar calado em vez de ser egoísta de novo.

— Miguel... — chama ele, mas não tem coragem de dizer nada além do meu nome. Sabe que estou certo.

— E você... — Eu o ignoro, direcionando meu olhar para Jaime. — O que você tem a dizer?

Há um instante de silêncio, seguido por surpresa. Porque, ao escolher suas palavras, Jaime diz as únicas que eu não esperava ouvir dele:

— Eu queria pedir desculpas, Miguel.

— Quê?! — exclamo, incapaz de esconder o espanto.

— Queria pedir desculpas — repete ele, desta vez com mais firmeza. — Por tudo o que aconteceu. Eu sei que muita gente comprou a nossa briga e ficou do meu lado. Sei que você ficou sozinho por causa disso. Sei que foi uma reação desproporcional ao que aconteceu e que eu de muitas maneiras incitei isso. Queria pedir desculpas por tudo.

Não consigo reagir. Não consigo encontrar nenhuma palavra para dizer.

Jaime deveria, sim, se desculpar. É o mínimo que poderia fazer. Mas eu nunca imaginei que o faria. Com uma postura tensa, ele anuncia:

— Eu vou conversar com a galera.

Isso era tudo que eu queria antes. Agora, já não sei se faz sentido. Ainda é justo que eu deixe de ser culpado por algo que nunca fiz, mas a verdade é que sei que não vai adiantar. As pessoas já têm uma ideia formada sobre mim e, tanto tempo depois, não acho que isso possa mudar.

— Vocês são ótimos em fazer a coisa certa na hora errada — digo, mais frustrado do que já estava me sentindo.

Não quero mais ter conversa nenhuma com eles, então começo a juntar as minhas coisas para sair daqui.

— Tenta entender o meu lado, Miguel — pede Jaime. — Eu achei que tinha sido traído, estava com raiva, não conseguia pensar direito e entender que te deixar isolado daquele jeito não era certo. Levi tentou me mostrar isso antes, mas eu demorei pra perceber que ele estava certo. Quando entendi, tentei conversar com os caras. Deveria ter feito isso antes, mas... eu precisava de um tempo.

— Eu não tenho que entender coisa nenhuma, Jaime — digo, ao ficar de pé. Jogo a mochila nas costas. — Mas até que entendo. E espero que você entenda o meu lado também.

— Sinto muito. De verdade — pede mais uma vez. É genuíno, mas isso não me obriga a aceitar suas desculpas.

— Acho que a conversa já acabou — declaro, por fim.

E, sem qualquer outra coisa a ser dita, viro as costas para eles e saio.

Meus passos são largos, mas não o suficiente. Em poucos segundos, assim que chego à saída da biblioteca, Túlio me alcança. Ele para na minha frente, o que me força a parar também.

— Eu não disse a verdade só pra me sentir melhor — dispara ele antes mesmo que eu faça a primeira reclamação. — Mas porque sinto muita falta da sua amizade, Miguel.

— Não muda muita coisa. Você está fazendo isso por você. Quando eu precisei, você não fez.

— Eu sei. E vou me arrepender disso pra sempre. Mas eu posso tentar recompensar. Por favor. Me desculpa por tudo.

Faço um gesto negativo com a cabeça.

A essa altura, nem é que eu esteja negando seu pedido de desculpas. Sei que ele está sendo sincero, sei que está arrependido.

— Eu te perdoo — digo, enfim. — Quer saber? Eu perdoo Jaime também. Perdoo até os babacas que nunca pediram perdão. Eu passei os últimos meses remoendo o rancor que tinha por vocês e, meu Deus, isso me fez *tão* mal, Túlio. Acho que já chega disso. Vamos seguir em frente, né? — Vejo a esperança se acender em seu rosto, então concluo de uma vez: — Mas não dá pra ser seu amigo de novo. Isso não.

Volto a seguir meu caminho, deixando minha resposta reticente pairar no ar.

Desta vez, Túlio não tenta me alcançar, mas a sorte finalmente alcança. Porque, ao pegar o celular no bolso da calça, vejo uma única notificação na tela. Um e-mail anunciando que a minha solicitação de mudança de quarto foi deferida.

É. É hora de seguir em frente.

ETAPA 22
O passado que não precisa se repetir

Duas semanas sem conversar com Lucas, nove dias remoendo a conversa que tive com Túlio, três horas em um quarto e um dormitório novo.

Hoje foi o dia da mudança. Depois de concluir todas as burocracias, finalmente fui realocado em um novo dormitório. Tive que faltar a primeira aula da manhã para levar as minhas coisas para o zero-quatro.

O alojamento é mais velho que o zero-nove. Não tem sistema de refrigeração, então o quarto é mais quente, mas um ventilador deve resolver o problema. O banheiro também é compartilhado, mas já me habituei com isso. E meu novo colega de quarto, nem me lembro mais o nome dele, é um absoluto desconhecido. Considero uma vitória, já que a outra opção era continuar dividindo o cômodo com Túlio, seu ronco e meu rancor.

Deixei para concluir a arrumação das coisas depois, para não perder a segunda e terceira aula do dia. Não que eu tenha me concentrado de verdade nelas.

Ainda estou distraído. A conversa com Jaime e Túlio me fez mudar um pouco em relação aos pensamentos que tenho sobre Lucas. Seguir em frente foi a decisão certa. Eu sei que foi. E seguir em frente deveria significar que estou pronto para dar uma chance ao que estou sentindo por Lucas, mas...

Duas semanas, e ainda não faço ideia do que dizer. Quanto tempo mais vou precisar? Quanto tempo ele vai esperar? Mais que isso, como ele está se sentindo enquanto espera?

Eu não menti quando disse que Lucas merece apenas as melhores coisas, e sei bem que não é isso que estou fazendo por ele. A minha aflição só cresce a cada vez que penso no quanto a minha incerteza o afeta, e eu penso nisso o tempo todo.

A essa altura, me machucar mais uma vez não é o meu único medo. É ver Lucas sair machucado de um romance comigo. E é por isso que ainda hesito.

Tento afastar os pensamentos ao menos por um instante e volto minha atenção ao que acontece ao meu redor. Já está chegando a minha vez de me servir no restaurante.

Pego uma bandeja, um prato, os talheres. Salada, macarrão, carne moída, suco e fruta. Então, sigo ao salão, onde vejo as mesas quase todas ocupadas, mas sempre com um lugar aqui e ali disponíveis. Começo a me encaminhar ao primeiro que avisto, mas cruzo o olhar com um sorriso familiar e com um aceno entusiasmado.

— Miguel! — chama Damiana, ainda acenando para mim. — Vem pra cá!

Observo as pessoas que a cercam. Desta vez, ela não está com a turma inteira do seu curso, mas com nossos amigos em comum. Levi está lá, sentado ao lado de Valéria, e Heitor também. Mas não vejo Lucas em nenhum lugar.

Me aproximo deles com o questionamento na ponta da língua.

— Oi, galera. Cadê Lucas?

SOLTEIRO EM PRODUÇÃO **217**

— Que bonitinha a sua cara de preocupado. — Damiana dá risada e, por baixo da mesa, empurra a cadeira à frente. — Ele tá em reunião com um professor sobre um projeto de pesquisa. Senta aí.

Coloco a bandeja na mesa e me sento na cadeira que ela empurrou. Levi pisca um olho para mim, com a boca cheia, e Valéria sorri quando seu olhar cruza o meu.

—Andou sumido, hein? — pergunta ela, com um braço deitado na mesa e o outro apoiado pelo cotovelo enquanto ela brinca com o garfo na comida.

— Estava resolvendo umas coisas — revelo. — Mudei de dormitório.

— Você não é mais Zero-nove? — pergunta Heitor, as sobrancelhas arqueadas. — Como vou te chamar agora?

— Zero-quatro, eu acho.

— Espera. — Valéria se inclina um pouco sobre a mesa. — Então você conseguiu se livrar de dividir o quarto com aquele cara que não suporta?

Me surpreendo ao perceber que ela se lembra. Só falei disso uma vez, no carnaval, e acho que já estávamos bêbados na hora.

— Consegui — respondo, apesar da surpresa. — Finalmente.

— Não sei de quem vocês estão falando, mas acho que isso merece uma comemoração! — sugere Damiana. — Bora sair hoje?

— Hoje é segunda, Damiana — contrapõe Heitor.

— E qual é o problema? — pergunta ela.

— É *segunda* — repete ele, antes de completar. — Mesmo que não fosse, hoje eu não posso.

— Deixa eu adivinhar — começa Levi. — Vai trabalhar, né?

— Sempre, cara. Sempre.

Damiana suspira.

— Tudo bem. Podemos comemorar outra hora.

A conversa morre por alguns segundos e, duas garfadas de comida depois, tenho coragem de perguntar:

— Como Lucas está?

Valéria me olha em silêncio. Parece um pouco confusa com o questionamento.

— Não tem falado com ele? — pergunta ela.

— Ele não comentou nada com vocês?

— Sobre o quê? — É a vez de Damiana perguntar.

— Não falou nada, Cachorrão. — Garante Levi, o único que sabe do beijo e do que aconteceu depois dele. — Eles não sabem.

— Não sabem o quê? — insiste Damiana, curiosa. — O que aconteceu?

— Ele não sabia se deveria falar — comenta Heitor. Então ele também sabe. — Não sabia se você se incomodaria com isso.

Sinto que era melhor manter as coisas assim, sem que eles soubessem. Ao mesmo tempo, quero muito conversar com eles sobre isso. Então, antes de começar a pensar demais, revelo:

— Nós nos beijamos…

Valéria arregala os olhos, Damiana cobre a boca com as mãos para conter um grito.

— Mas não nos falamos desde então — completo. — Faz duas semanas.

— Quê? Como assim? — dispara Damiana. A euforia em sua expressão é substituída pela decepção. — Por quê?

— Pedi um tempo pra pensar — confesso. Vejo que ela tenta absorver a informação, enquanto os outros três, em níveis diferentes, entendem os motivos sem que eu precise explicar. Continuo, então, com o que é novidade para todos: — Não sei se vai rolar mais alguma coisa. Não sei nem se vamos continuar amigos. Honestamente, não sei nem se esse grupo vai continuar ou se desfazer. Eu não sei nem o que eu quero e tô me odiando por isso.

SOLTEIRO EM PRODUÇÃO **219**

— Credo, Zero-nove... — Heitor quase sussurra, como quem acaba de ouvir um absurdo. Ele nem se dá conta que agora sou Zero-quatro.

— Pode parar de pensar nisso — diz Valéria logo em seguida, com o mesmo tom ultrajado. — Nós somos amigos, não somos?

— Acho que sim...

— "Acha"? — Damiana compartilha do ultraje. — Olha, Miguel, sinceramente...

Dou risada do seu tom. A maneira que tratam a possibilidade de se afastarem de mim como absurda me tranquiliza. Me deixa feliz de verdade. É um alívio depois de ter sido abandonado e isolado por todo mundo que eu conhecia.

— Resolva o que tiver que resolver com calma, tudo bem? — diz Valéria, agora com o tom mais brando, o olhar gentil. — Estaremos aqui pelos dois. Por você e por Lucas.

Minha risada vira sorriso de gratidão, de felicidade.

— É a mulher mais maravilhosa do mundo — declara Levi, inclinando-se para deixar um beijo na bochecha de Valéria. Ela ri com jeito de gente apaixonada.

— Vai começar... — lamenta Heitor.

Quando saímos juntos do restaurante, já me sinto melhor. Eu precisava de um momento com eles. Com meus amigos. O peso que a conversa com Túlio e Jaime deixou sobre meus ombros foi se dissipando um pouco mais a cada nova risada, a cada conversa sem rumo.

— Eu vou pra lá — diz Valéria, apontando para a esquerda. — Preciso devolver um livro.

— Vou com você, amiga — anuncia Damiana enquanto ergue os braços, espreguiçando-se. — Depois a gente vai juntas pro dormitório.

— E eu vou pra lá — avisa Heitor, apontando para a direita com o queixo. — Ainda tenho mais uma aula hoje.

220 RUTH OLIVEIRA

— E depois vai direto trabalhar… — comenta Damiana, impressionada. — Você é brabo demais, Heitor.

— Não tenho a opção de não ser — responde ele, do jeito inalterado de sempre. Em seguida, enfia as mãos nos bolsos da calça e começa a seguir seu caminho. — Depois a gente conversa. Falou!

— Brabo demais — repete Damiana, observando nosso amigo se afastar. Depois, respira fundo, juntando coragem. — Vocês sabiam que o aniversário dele é no primeiro dia de férias?

— Sério? — pergunto.

Valéria assente.

— E os planos dele pras férias são voltar pra casa e arranjar uns bicos por lá até o início do próximo semestre — revela a garota. — Não quer se dar descanso nem no dia do próprio aniversário.

— Não é justo — comento, sentido. — Ele vive pra estudar e trabalhar pra cuidar da família…

— E sempre cuida dos amigos também — conclui Valéria. — Desse jeitão dele, mas cuida.

— Galera… — começa Levi. — Eu sei que ninguém levou a sério a minha ideia de passar as férias junto, mas…

— É. — Valéria suspira. — Parece uma ideia cada vez menos absurda.

— Eu definitivamente quero voltar pra passar umas semanas com a minha família. Desculpa. Me sinto mal por ter uma boa relação com eles… — diz Damiana, tão sincera que a nossa única reação é rir.

— Não precisa se sentir mal por não ter uma família ruim como as nossas — diz Valéria, verbalizando o óbvio em meio ao riso.

A caloura com os dentinhos encolhe os ombros, mas continua:

— Eu quero muito voltar pra minha cidade, então ficar as férias inteiras com vocês é impossível pra mim. Mas quero pelo menos comemorar o aniversário de Heitor.

— Festa surpresa? — sugere Levi.

SOLTEIRO EM PRODUÇÃO **221**

— Não sei — responde Valéria. — Mas definitivamente precisamos fazer alguma coisa.

— Então é isso: vamos passar o primeiro dia de férias juntos — decido. — Pelo menos o primeiro dia. E aí vemos o que cada um faz depois.

Eles concordam em silêncio. Acho que gostam da conclusão da conversa. Eu definitivamente gosto. É um dia a menos com a minha família.

— Está decidido — diz Damiana. — Vamos pensar em tudo com calma. Ele merece *a* festa. Depois nos falamos mais. Vamos indo, Valéria?

Levi envolve a cintura de Valéria com um braço, puxando-a para perto. Ele deixa um beijo na testa dela, depois sobre os lábios, por último um no pescoço.

— Te vejo mais tarde? — pergunta baixo, só para ela, mas sua voz me alcança também.

— Mais tarde — confirma ela, beijando-o na bochecha. — Até depois, Levi. Tchau, Miguel.

— Tchau, lindinhos — despede-se Damiana, enlaçando o braço ao da amiga enquanto começam a andar juntas.

Quando já se afastaram o suficiente, Levi apoia a mão no peito e suspira com exagero.

— É a mulher da minha vida, Cachorrão. Juro por Deus!

Seu jeito exagerado me faz rir, mas não duvido da afirmação.

— Vai pra onde agora? — pergunto.

— Reunião do grupo de um seminário. — Ele suspira, enfadado. — E você?

— Ia ter aula, mas o professor adiou, então vou voltar pro dormitório. Ainda tenho que arrumar minhas coisas. Deixei tudo bagunçado.

— Quer ajuda? Posso passar lá depois.

— Não. Tranquilo. Não é tanta coisa assim.

Ele boceja e, ao mesmo tempo, balança a cabeça em concordância.

— Vai lá então — digo. — Mais tarde a gente se fala.

Antes que eu comece a me afastar, ele diz:

— Posso te perguntar uma coisa?

— Depende.

— Você viu como eles reagiram quando você falou sobre o grupo se desfazer?

É claro que ele não deixaria de fazer um comentário sobre isso.

— Sim. Vi...

— Viu como é diferente com eles? Diferente de como era com os amigos que você tinha antes?

— Por que você está perguntando isso?

— Sei lá. Talvez porque isso prove que você não precisa se fechar pra todas as pessoas só porque algumas foram ruins com você. Se fizesse isso, não teria os amigos que tem agora.

— Levi...

— Só quero que você faça o que quer fazer, Miguel — conclui ele num tom sério, usando meu nome, como tão poucas vezes costuma fazer. — Eu sei que o ano passado foi difícil. Sei que foi injusto. Mas ele não precisa definir o resto da sua vida. Não deixa o que aconteceu de ruim te privar das coisas boas que você pode e, no fundo, *quer* viver.

Fico em silêncio. Ele, por sua vez, abre um sorriso. Então, como se não tivesse acabado de dizer coisas que vão ficar por muito tempo na minha mente, boceja de novo e começa a se afastar.

Tudo o que diz é:

— Vou indo lá!

Observo as costas do meu amigo enquanto ele se afasta e mal consigo acreditar quando percebo que estou sorrindo também. Quando entendo que seu discurso repentino está me empurrando para uma decisão quanto a Lucas.

Não.

Para uma decisão quanto a minha vida.

SOLTEIRO EM PRODUÇÃO **223**

Cinco dias depois

Mika: quase 3 semanas sem falar com você...

estou com saudade, lucas

mas eu precisava mesmo desse tempo. precisava pensar...

Lucas: eu sei, mika

Mika: quero muito te ver

Lucas: quer?

Mika: quero.

Lucas: por que você quer me ver?

já tem uma resposta?

se tiver, podemos conversar

se você ainda estiver com alguma dúvida, acho que isso por si só já é uma resposta

se esse for o caso, a gente deveria se afastar por mais um tempo até podermos ser amigos. só amigos

Mika: eu tenho uma resposta

me encontra na praia hoje?

agora?

Lucas: não

agora não

quando o sol se pôr

ETAPA 23
O encontro que ele merece

Sinto cada pulsação em meu peito quando chego ao calçadão que acompanha o contorno da praia. O sol começa a se pôr no mar, impregnando tudo com um tom vivo de laranja. O cheiro de sal é forte e a brisa é mansa.

Sigo na direção de onde marquei de encontrar Lucas.

Não é difícil achar quem procuro.

Lá está ele, sentado diretamente na areia, com os braços apoiados nas pernas dobradas enquanto observa o horizonte. Vestindo o casacão amarelo.

Descalço as sandálias e enterro os pés na areia fina, caminhando na direção de Lucas, que continua parado no mesmo lugar, de frente para o mar calmo.

Assim que paro ao seu lado, com o coração pulsando forte, chamo:

— Oi...

Ele me olha de imediato, mas não com pressa. Os olhos escuros ficam um pouco menores quando ele abre um sorriso para mim, e eu percebo quanta falta senti de vê-lo sorrir assim. Lucas fica de pé, devagar, mas não se aproxima.

— Oi, Mika.

É a minha vez de sorrir, mas o meu sorriso é nervoso. Tenho muitas coisas a dizer, mas não consigo encontrar o jeito certo de começar. Então, fujo do assunto que nos trouxe aqui.

— Estava ocupado hoje? — pergunto.

— Não. Passei o sábado inteiro no quarto.

—Ah... Por que me pediu pra vir só agora no final da tarde?

Lucas dá uma risada ao entender a causa da minha confusão. Ele toca minha mão com cuidado e gentileza, em uma pergunta sem palavras. Permito que ele a segure, e seguro a dele de volta. Então ele me puxa com delicadeza em um convite para me sentar.

Sentamos lado a lado, sem nos preocupar em ficar com a roupa cheia de areia, e ele aponta para o cenário à frente.

— Esse é o horário mais bonito aqui na praia. O meu favorito.

— É. É bonito mesmo — digo, observando as cores fortes à frente.

Não sei o que dizer em seguida, então fico calado.

Quando o silêncio se prolonga por mais alguns instantes, Lucas diz:

— Você disse que já tem uma resposta, Mika.

Respiro fundo.

— Eu deveria ter preparado um discurso — comento, rindo. — Estou nervoso.

— Tudo bem ficar nervoso — diz ele, gentil, com um sorriso paciente no rosto. Ao mesmo tempo, relembra: — Mas eu esperei por quase três semanas... Prefiro que você fale as coisas assim, sem discurso mesmo, em vez de continuar esperando por algo que pode nem acontecer. Se for pra seguir em frente, eu gostaria de saber logo... Acho que eu mereço isso.

— Eu acho que gosto de você, Lucas. — Percebo que escolhi mal minhas palavras. — Quer dizer, você não sai da minha cabeça. É claro que eu gosto de você... mas ainda fico inseguro. Eu só tive experiências que terminaram mal. Se isso acontecer com você também... Você é especial demais para sofrer qualquer coisa por minha causa.

Deixo que minhas palavras pairem no ar. Quando volto a olhar para Lucas, encontro sua atenção inteira em mim.

— Eu entendo — diz ele em resposta. O sorriso é tranquilo. — Vamos ser amigos, então. Só amigos, de verdade dessa vez.

— Não! — exclamo rápido ao perceber que ele me entendeu mal. — Eu não sei como vai terminar, Lucas... Mas quero saber como vai ser. Espero que não termine, mas se a gente tentar ser algo a mais e não der certo, ainda podemos ser amigos. É difícil, mas eu confio em nós dois. E eu... eu quero tentar algo a mais.

De olhos fechados, abaixo o rosto enquanto reúno a coragem para dizer o que demorei tempo demais para decidir:

— Nós podemos tentar, Lucas?

Os caninos charmosos surgem em mais um dos sorrisos que adoro. Ele fica de pé e tira a areia da roupa antes de estender a mão para mim em um convite para que eu me levante também. Agora, quando aceito sua mão, ele entrelaça nossos dedos.

E, quando fico de pé diante dele, Lucas diz:

— Vamos tentar, Mika.

Só consigo sorrir.

— Então... — digo, e essa é a última palavra que minha boca desenha antes de se ocupar com outra coisa. Antes de se ocupar com a dele.

Seguro sua cintura. Ele me abraça pelos ombros. Minha boca toca a dele, sua língua enrosca a minha, e eu suspiro, meio rendido.

Já dei muitos beijos bons. Mesmo. Mas acho que era isso. Acho que era essa a sensação que eu sempre quis experimentar. É quente, aconchegante e eu não me canso dela. E o calor vai aumentando. A intensidade do beijo também.

Abraço Lucas com mais vontade, beijo com mais vontade, sempre sentindo sua retribuição.

Ele voltou para minha vida para destruir todos os meus planos. E, nesse momento, eu nem me importo. Agora, só quero ele. Quero um pouco mais a cada segundo.

Nossas cabeças mudam de posição, buscando novos ângulos. A mão dele desce por minhas costas. Seguro seu quadril. Sua boca não sai da minha, meu corpo não desgruda do seu. Os meus medos e receios se calam. Todas as lembranças ruins ficam do lado de fora.

Durante o beijo, não tem absolutamente nada no mundo que me faça querer deixar de estar com Lucas.

Quando nos afastamos, é com um sorriso cúmplice, feliz.

Entrelaço meus dedos aos dele com mais força, como sempre sonhei desde quando precisava viver todos os meus romances às escondidas. Eu sempre quis segurar a mão de quem eu gosto sem medo, na areia da praia, de frente para o mar.

Antes, tinha várias outras exigências. Queria estar usando a roupa perfeita. Queria ter planejado a conversa perfeita. Queria cada detalhe perfeitamente delimitado. Agora, eu só quero segurar a mão de Lucas. Em toda sua simplicidade e improviso, essa é minha nova definição de encontro perfeito. Um encontro com ele.

Mas quero algo a mais. Quero que esse encontro seja perfeito *para ele*. E ele disse que o encontro perfeito dele seria como o meu: andar de mãos dadas na praia com a pessoa de quem ele gosta, mas sabendo que essa pessoa gosta dele também. Lucas gosta de mim. E, para que não restem dúvidas, repito:

— Eu gosto muito de você, Lucas.

Ele beija minha testa.

— E eu gosto de você, Mika. Muito.

Sorrio. Era isso. Era somente disso que precisávamos, nós dois.

— Tenho tanta coisa pra te contar sobre essas últimas três semanas — comento, então, com o sorriso quase colado no rosto.

— Eu também... — responde ele, um pouco desajeitado, tão diferente de mim, que fico ainda mais radiante diante de sua revelação. Ele quer me contar como foram seus dias.

— Pode começar! — digo, incapaz de esconder a empolgação. O orgulho.

Lucas está começando a entender que pode se abrir com as pessoas ao seu redor. E faço questão de continuar mostrando isso para ele. Faço questão de mostrar que ele nunca mais precisa carregar suas angústias ou suas alegrias sozinho.

Ele murmura com a expressão pensativa. Não sabe por onde começar, até que decide:

— Uma parte de mim sabia que você daria uma chance a nós dois.

— Que revelação, Lucas Marconi... — digo, rindo. — Então você é muito confiante, hein?

Ele balança a cabeça em negativa. Seu sorriso se torna um pouco mais seguro.

— Não é isso, Miguel Carvalho. Eu só sabia que você não fugiria do romance pra sempre.

— Não fugiria porque eu sou um romântico incurável?

— Não. Porque você não é covarde e não deixaria o passado controlar seu presente pra sempre.

O ar foge de mim com um quê de riso.

— Levi me disse algo parecido.

— Foi?

Balanço a cabeça em uma concordância lenta.

— Foi. E eu percebi que ele tem razão. Então você também tem. Eu não sou covarde. Não mais. Mas sou curioso. Quero ouvir tudo o que aconteceu nesses últimos dias.

Ele fica sem jeito mais uma vez, mas menos que antes.

— Já está sabendo dos planos pro aniversário de Heitor, né? — pergunta, então, e eu simplesmente sei que estamos prestes a conversar por muitas horas. Dessa vez, eu não serei o único a falar.

Caminhamos pela areia da praia, com o som das ondas aqui pertinho contornando nossas conversas e nossas mãos unidas com força. Eu o puxo junto comigo até molharmos nossos pés em uma onda rasa. Quando a água salgada toca minha pele, deixo que leve junto as certezas antigas que eu tinha.

Nada de me privar de viver, de me apaixonar, de ser feliz, por conta do passado.

E, à medida que esses pensamentos vão finalmente me deixando em paz, outras certezas ocupam o lugar. A certeza de que Lucas, com seu casacão amarelo, seu sorriso fácil e seu jeito manso, me ajudou a recuperar um pouco de quem eu era. A certeza de que ele está descobrindo novas nuances de si.

E a certeza de que talvez a gente não fique junto até o final. Mas de que isso aqui, esse momento, eu sempre vou levar comigo.

ETAPA 24
O epílogo

Primeiro dia das férias de junho

Abrimos a porta da casa na qual passaremos o aniversário de Heitor e mais alguns dias juntos. A residência é perto da praia, com menos camas do que precisamos e um só banheiro para seis pessoas. Foi o que coube no orçamento. É um pouco feia, para falar a verdade, e acho que oferece muito menos do que o mínimo de uma hospedagem. Ainda assim, nossos olhos brilham em conjunto quando damos os primeiros passos para dentro dela.

Talvez o brilho não seja consequência do aspecto da casinha. Não. *Certamente* não é por isso. Quer dizer, estamos prestes a passar alguns dias juntos. Vamos relaxar depois de um fim de período estressante e adiar o reencontro com as famílias que nunca nos acolheram ou respeitaram. Estamos com um arsenal de bebidas baratas, cheios de planos para os próximos dias e cercados por pessoas que fizeram esse semestre ser tão bom e inesperado.

No começo, eu me daria por satisfeito com um semestre tolerável. Isso é muito melhor do que eu seria capaz de pedir alguns meses atrás.

— Não acredito que seu plano absurdo de passarmos as férias juntos deu certo mesmo... — diz Valéria, mirando a atenção no namorado.

— Todo mundo tá feliz com isso, amor — diz Levi, beijando-a na bochecha.

— Eu fico feliz sempre que estou com vocês — declara Damiana, abraçando um travesseiro. — Posso ficar com o quarto lá do fundo?

— Não — responde Heitor. — É o melhor quarto.

— A gente vai ter que resolver isso no zerinho ou um — sugere Lucas.

— Eu aceito qualquer um desde que possa dormir com meu namorado todas as noites — anuncio, envolvendo a cintura de Lucas com os dois braços. Gosto de chamá-lo de namorado muito mais do que jamais gostei de me chamar de solteiro em produção.

— O pior quarto vai ser de vocês! — ameaça Levi. Então olha para Valéria. — Amor, eu quero o quarto bom. Pelo amor de Deus. Amo dormir te abraçando, mas não é suficiente. Quero o quarto bom.

— Isso que é sintonia de casal. Pensei o mesmo — responde ela. — Acho justo ficarmos com o quarto do fundo.

— O aniversário não era meu? — questiona Heitor. — Vocês me obrigaram a continuar aqui em vez de me deixarem voltar pra casa. É justo que pelo menos o melhor quarto seja meu.

Olhamos para o veterano de Medicina, depois nos entreolhamos em uma longa sequência de conversas silenciosas.

Foi difícil convencer Heitor a ficar. Não porque ele não queria, mas porque se sente na obrigação de estar sempre dando suporte à família. Convencê-lo de que ele também merece aproveitar um pouco da vida foi nossa primeira tentativa. Não deu muito certo. Então dissemos que ele poderia trabalhar como bartender durante nossos dias aqui. Com remuneração e tudo. Só assim ele aceitou ficar.

— Você sabe que não vai trabalhar de verdade, né? — Levi toca no assunto assim que penso a respeito.

— Desconfiei quando vi as bebidas que vocês compraram. Só refrigerante vagabundo e vodca barata.

— Mas o pagamento tá de pé — garante Lucas.

— Logo, você já tá sendo recompensado por ficar. Então o quarto não pode ser seu — aponta Damiana, ainda agarrada ao seu travesseiro. — É regalia demais! A não ser que você queira dormir comigo, porque eu vou dormir no quarto bom...

Heitor suspira.

— Já me arrependi de ficar — diz, mas sem conseguir esconder o sorriso por trás das palavras.

— Nada de arrependimento. Está decidido. Eu e Heitor vamos dormir juntos no quarto do fundo! Um dos casais dorme no outro quarto e o último na sala! — diz Damiana, segurando o braço de Heitor e puxando-o na direção do quarto que gerou toda a discussão.

Assim que eles saem, Levi tira a mochila das costas e a joga no sofá para começar a tirar uma sequência de itens coloridos ali de dentro. Enquanto isso, Valéria olha para mim e para Lucas. Não precisa dizer nada para que sua mensagem seja entendida.

Encaixo a mão na do meu namorando, puxando-o para a porta.

Na calçada logo à frente está Matusalém, que agora tem uma nova mancha na lataria vermelha. Dou um tapinha camarada no carro velho, mas me arrependo assim que lembro que isso é o suficiente para quebrar mais um pedaço dele. Não temos tempo para isso.

Lucas quase se lança para dentro da mala ainda aberta. Alguns dos nossos itens continuam dentro do carro, esperando para serem levados para a casa. Agora, no entanto, pegamos apenas a caixa colocada com cuidado ali no fundo do Gol 98.

A logística para trazê-la até aqui sem levantar suspeitas de Heitor foi difícil, mas parece ter dado tudo certo.

Lucas passa a caixa para mim, e dou uma espiadinha dentro dela só para checar se o bolo continua inteiro.

Lucas pega a própria mochila, então, e nós voltamos com pressa para dentro da casinha.

Levi e Valéria já estão terminando de pendurar a faixa com "Parabéns, Heitor" na parede, então Lucas e eu corremos para tirar o bolo de dentro da caixa e posicioná-lo na mesa junto com a vela e os chapeuzinhos de aniversário.

Poucos segundos depois de deixarmos tudo pronto, a voz de Damiana se torna mais próxima, então nos agrupamos atrás da mesa e esperamos com sorrisos enormes.

Quando os olhos do futuro médico pousam no que arrumamos em tempo recorde, a expressão dele não entrega nada. Damiana bate palmas, já puxando o parabéns, enquanto saltita de volta para perto de nós, todos entoando a mesma música para Heitor.

Ele continua parado, coça a nuca, desvia o olhar. Interrompemos o parabéns com gritos quando vemos, no canto dos lábios dele, um sorriso lutar para nascer.

— Vocês são inacreditáveis... — É a primeira coisa que ele diz.

Como continua parado no mesmo lugar, vamos até Heitor e o cercamos com um abraço coletivo desastrado e barulhento.

Então, com uma falta de jeito que nunca vi nele, diz:

— Obrigado...

— Parabéns pra você — entoamos juntos. O sorriso dele cresce. Ele coça a nuca mais uma vez.

Enquanto continuamos a música, olho para o rosto dos meus amigos e de Lucas. Todos estão sorrindo e felizes por estarem aqui.

É então que me dou conta. Era isso. Era essa a sensação que eu queria experimentar quando sonhava em estudar em Trindade.

Espero que todos eles estejam sentindo o mesmo que eu.

— Vamos comer bolo! — chama Damiana. — Pra quem será que vai o primeiro pedaço?

A pergunta inicia uma nova discussão. Mas a cada acusação, a cada argumento reivindicando a fatia, os sorrisos continuam presentes.

Então comemos bolo. Tiramos o restante das coisas de dentro de Matusalém e, ainda sem arrumar tudo, decidimos aproveitar a praia.

Atravesso a rua de mãos dadas com Lucas, depois cortamos o calçadão da orla até pisarmos na areia. O sol das dez da manhã brilha forte no céu. Forte o suficiente para que nem mesmo a brisa agitada faça Lucas sentir frio.

Paramos todos na areia úmida, esperando que uma onda rasa alcance nossos pés. Valéria ri quando Levi finge empurrá-la para dentro da água, Damiana fala pelos cotovelos enquanto Heitor escuta quase em absoluto silêncio.

Fecho os olhos para sentir tudo ao meu redor. Ainda que pareça impossível, sorrio ainda mais.

As vozes dos meus amigos, o toque de Lucas, o cheiro de mar, a brisa constante.

A alegria.

E, finalmente, a liberdade.

AGRADECIMENTOS

Solteiro em produção nasceu como um refúgio durante a pandemia. Da primeira à última linha, meu objetivo era criar algo capaz de trazer conforto em um período tão difícil. Desde então, essa história foi reconstruída, reescrita e editada para chegar à sua melhor versão, e sou infinitamente grata a todas as pessoas que direta ou indiretamente fizeram parte desse processo.

Agradeço sempre, antes de tudo, aos meus pais, que nunca me deixaram faltar amor, e à minha vó Tina, que deixou para sempre a lembrança do seu afeto incondicional. Não posso deixar de agradecer também ao restante da minha família, grande demais para ser mencionada nome por nome aqui, mas tão especial para mim. Tudo de bonito que vivo será sempre graças a vocês.

Sou grata aos meus amigos, que me fazem sentir tanta felicidade e vivem comigo tantas histórias que inspiram os meus livros.

Paula, obrigada por ter acreditado em *Solteiro em produção* e por ter sido tão crucial nesse processo de buscar a versão final da história de Mika e Lucas; uma versão que me deixa orgulhosa. Todas as suas sugestões, sem exceções, foram valiosas, assim como foram as contribuições de cada profissional que participou da lapidação desse livro. Toda a equipe da Alt é fantástica, e me sinto honrada por ter a chance de trabalhar com cada um de vocês!

Por fim, quero registrar aqui minha eterna gratidão aos meus leitores. Sei que nunca perco a oportunidade de agradecer a vocês, e é porque nunca deixarei de ser grata. Obrigada por tanto apoio, por tanto carinho, por sempre abraçarem os meus personagens e suas histórias.

Da primeira à última linha, meu objetivo com *Solteiro em produção* era criar algo capaz de trazer um pouco de conforto em um período tão difícil. Hoje, com essa nova versão da história que escrevi pela primeira vez em 2020, ainda espero que o romance de Lucas e Mika seja capaz de te confortar. Mais que isso, espero que te inspire a não se privar das coisas boas que você pode *e merece* viver.

Este livro, composto na fonte Fairfield,
foi impresso em papel Lux Cream 60g/m² na gráfica Santa Marta.
São Bernardo do Campo, Brasil, junho de 2025.